MARÉE NOIRE

Paru dans Le Livre de Poche :

À PRÉSENT

NICO

BRIGITTE GIRAUD

Marée noire

ROMAN

STOCK

Nous sommes arrivés après une journée de route. Nous étions tous les cinq dans la voiture. C'étaient nos premières vacances ensemble. Nous avons eu des bouchons entre Toulouse et Bayonne. Tu voulais prendre les petites routes mais les repérer sur la carte me donnait envie de vomir. Tu me prenais alors la carte des mains et y jetais un œil tout en conduisant. Je te faisais remarquer que c'était dangereux mais tu n'entendais pas. Tu ne respectais pas les limitations de vitesse. Mes doigts se crispaient parfois sur le siège. J'avais peur en voiture. Tu trouvais cette peur ridicule, tu disais que tu maîtrisais. Tu accusais les autres de conduire n'importe comment. C'était toujours la faute des autres. Quand nous restions coincés derrière une caravane, tu baissais ta vitre et déportais la voiture sur la gauche. Tu rétrogradais à regret. Tu avais alors les gestes de celui qui va allumer une cigarette, mais tu devais arrêter de fumer pendant les vacances. À l'approche de Périgueux, il y avait de part et d'autre de la chaussée les silhouettes des victimes de la route découpées dans du bois. Un éclair de peinture rouge éclaboussait leur poitrine. Tu faisais mine de ne rien voir et tu fonçais. En plus des silhouettes, nous avions le décompte : « Sur les trois prochains kilomètres, sept personnes ont trouvé la mort l'an dernier. » Je serrais alors les fesses, persuadée que nous allions percuter un camion. Tu surveillais les rétroviseurs. Tu changeais de radio toutes les deux minutes. Rien ne passait, sauf France Musique, ce qui donnait aux enfants une occasion de se plaindre. Tu proférais aussi des menaces quand ils s'agitaient à l'arrière. Je sentais la tension monter. C'était le premier jour des vacances.

Nous sommes arrivés à la nuit tombante. La maison était minuscule, isolée près d'un vignoble. Le silence était presque total. La terrasse à l'ouest surplombait les collines et, en faisant preuve d'imagination, on pouvait apercevoir l'océan. Des chauves-souris nous ont frôlés alors que nous tentions d'ouvrir la porte d'entrée. Les enfants se suivaient dans le calme, portant chacun leur sac. Vincent a fait remarquer que nous allions passer nos vacances dans un trou et qu'il l'aurait parié. Heureusement, tu n'as pas entendu. Puis, sur le même ton dégoûté, il a souligné qu'on ne risquerait pas de se noyer dans la piscine, étant donné les dimensions. Il n'avait pas tort. Sur la photo envoyée par le propriétaire, les proportions étaient plus avantageuses.

L'intérieur de la maison était agréable. Une ancienne grange au confort sommaire, mais partout l'odeur du bois. Il restait à espérer qu'il ne pleuvrait pas pendant quinze jours. Les négociations pour les couchages avaient commencé et, comme prévu, les enfants voulaient tous dormir sur la mezzanine. Il fut décidé (un peu vite et par moi) que les filles coucheraient dans la chambre du bas et que Vincent s'installerait sur la mezzanine. Toi et moi nous contenterions du clic-clac dans la pièce commune. Bien sûr, tout le monde semblait lésé, toi y compris qui me soupçonnais de privilégier mes filles. Tu as suggéré que ce soit Vincent qui dorme dans le clic-clac et nous deux sur la mezzanine. Vincent a dit qu'il ne supporterait pas le bruit du Frigidaire toute la nuit. J'ai répondu qu'à mon âge, l'échelle de meunier ne m'enthousiasmait pas. Ce que je n'ai pas osé ajouter, c'est que sur la mezzanine il y avait deux lits jumeaux. J'espérais dormir dans le même lit que toi. Apparemment, tu t'en fichais. Tu pensais à ton confort, tu pensais que tu avais droit au meilleur, parce que tu avais souffert. Sous-entendu que tu avais souffert plus que moi. Mais le passé, nous y viendrons après.

Le problème des lits n'était pas résolu quand nous sommes passés à table. Il était tard, Dorothée avait les yeux brillants. On avait emporté du Sopalin qu'on ne retrouvait pas et des torchons de cuisine froissés au fond d'un sac. Tu t'es occupé de faire cuire les pâtes pendant que j'ajustais les draps-housses dans la chambre des filles. Puis nous avons pris place dans la petite pièce obscure. Vincent s'est resservi deux fois. Tu as commenté : « C'est l'adolescence qui creuse », heureux de voir que ton fils avait de l'appétit, ce qui te rassurait. Dorothée s'endormait mais refusait d'aller se coucher. Il fallait encore retrouver sa peluche. « Avez-vous vu le lapin de Dorothée ? » Personne ne répondait, ce qui me blessait. Vincent attendait le dessert, mais ce soir pas de dessert, seulement quelques abricots un peu fatigués par le voyage. Je t'observais et ton visage était tendu. Une seule chose te préoccupait : tu avais envie de fumer. Et je ne pouvais rien pour toi. Tu éprouvais sans doute ce vide à l'intérieur que seul sait combler la cigarette. Je te regardais et tu ne me voyais pas.

Pendant la nuit, tout a bougé. Vincent est descendu de la mezzanine à plusieurs reprises. Il a frôlé notre lit en respirant fort et la masse de son corps que je devinais dans la pénombre avait fait battre mon cœur. J'essayais de comprendre ce que faisait Vincent. Je n'osais allumer de peur de te réveiller. Je sentais la présence de Vincent qui se rapprochait en silence, puis s'éloignait doucement. Je me demandais s'il dormait. Il respirait, c'est tout ce que je pouvais affirmer, et son souffle semblait venir d'ailleurs, un souffle lourd qui emplissait toute la nuit. Le lit des filles a grincé derrière la porte entrouverte et je ne savais si les mouvements que j'entendais étaient ceux de Dorothée ou d'Émilie. J'étais à l'affût du moindre murmure, j'enregistrais tous les craquements de la maison, ceux du bois qui travaillait dans la charpente, ceux des fenêtres qui vibraient parfois sous le vent d'ouest. Je me représentais la maison posée en pleine nature, en haut d'une colline dont je n'avais pu évaluer les contours à la nuit tombée. Nous avions pourtant passé du temps sur la terrasse une fois les enfants couchés. Mais la nuit était noire et nous nous étions contentés d'observer les lumières qui provenaient du rivage lointain de l'océan. Nous avions en tête le ronronnement du moteur de la voiture qui continuait de nous envelopper et de nous isoler du monde. Nous avions regardé autour de nous mais n'avions perçu que la profondeur de la nuit et le chant des grenouilles. Puis c'est toi qui t'es levé. Tu as fait couler le robinet, tu as buté contre une chaise, tu as cherché quelque chose dans la poche de ton pantalon, me semblait-il. Tu t'es recouché sans bruit mais tu n'as cessé de remuer jusqu'au matin. Tu n'as pas demandé si je dormais, tu n'as pas tendu la main vers moi, pour vérifier que j'étais là.

La première journée nous avait pris de court. Le soleil était déjà haut quand nous nous sommes levés et nous n'avons cessé de vouloir rattraper le temps qui cheminait sans nous. Nous nous sentions reclus dans un lieu coupé du monde, les uns soudain jetés contre les autres. Il nous faudrait partager le même espace, accepter de respirer le même air, retrouver le sens de nos gestes quotidiens. Nous ne savions plus dans quel ordre accomplir les choses. Nous attendions, nous nous observions, nous étions méfiants et curieux à la fois. Nous comptions sur l'autre pour donner corps à cette première journée, pour prendre tous les risques. Quand nous avons eu faim, nous avons bougé. Nous sommes montés tous les cinq dans la voiture en direction du village. Dès le premier jour, nous avons fait bloc, chacun tendu vers le même objectif. Jusque-là, tout était possible. Nous avons roulé sur des routes étroites, toutes vitres ouvertes, et l'allure folle à laquelle tu conduisais donnait à nos vacances un avant-goût de joyeuse insouciance. Nous nous mettions à crier quand la pente était trop forte et le ravin trop proche, puis nos cris se changeaient en rires et notre embarcation filait vers son but comme un manège de foire. Il y avait, dans cette bruyante bonne humeur, quelque chose de factice, mais nous avions envie de nous laisser tromper par l'illusion du bonheur. Nous avions envie de nous laisser traverser par une légèreté de circonstance, la légèreté de ceux qui croient qu'une vie nouvelle est possible. Tu tenais le volant entre tes mains comme tu tenais notre destin.

Tu avançais dans les rues du village en me suivant de près. Les enfants marchaient derrière, Vincent d'un côté et les filles sur le trottoir d'en face. Je demandais à Dorothée de donner la main à Émilie. Je voyais le danger partout. Tu semblais ne pas te soucier de Vincent qui traînait tellement qu'il finissait par disparaître. Tu ignorais Vincent qui nous observait de loin. Tu marchais à la recherche d'un café. Tu nous offrais l'apéro. Ainsi installés à la terrasse, nous ressemblions à une famille. Nous apprenions à jouer un jeu nouveau. C'était assez grisant d'endosser nos rôles en commandant nos boissons. Mais les coups de midi avaient sonné et les magasins étaient sur le point de fermer. Il fallait faire vite et tu voulais prendre un deuxième verre. Nous avons erré dans le village. Nous sommes passés devant un bureau de tabac dans lequel tu n'es pas entré. Tu me tenais toujours près de toi mais tu marchais avec moins d'entrain. Sans doute à cause du soleil qui nous écrasait de chaleur. Nous avancions parfois en file indienne, parce que le passage était étroit. Nos rythmes avaient du mal à s'accorder. Tu me tenais la main, puis tu t'éloignais, tu accélérais le pas sans jamais te soucier des enfants. C'est moi qui veillais à n'en égarer aucun. Nous sommes entrés en force dans le petit magasin. Nous avons acheté ce qui nous tombait sous la main, sans conviction. Parce que Vincent n'aimait rien, ni les tomates, ni les avocats, ni le melon. Tu ignorais ses plaintes. Tu ne voulais rien entendre. Les filles n'aimaient pas la viande mais ne disaient rien. Tu les impressionnais. Les filles t'observaient et tentaient de comprendre pourquoi nous nous étions choisis, toi et moi.

Autour de la maison, les vignes accaparaient les collines. C'était vert partout, un vert vif qui scintillait sous la lumière et virait parfois au blanc. La pente était douce et la tramontane se levait souvent en début d'après-midi, soulevant une poussière légère teintée d'ocre. Un figuier marquait le début du chemin. Son odeur sucrée nous surprenait jusque sur la terrasse, dès que le soleil disparaissait. On pouvait atteindre le hameau tout proche en moins de cinq minutes. La forêt commençait derrière la maison, d'abord clairsemée, puis de plus en plus dense. Une forêt de chênes-lièges et de pins, de buissons épineux et de châtaigniers, dans laquelle il était interdit aux enfants de s'aventurer. Nous n'étions pas très sûrs de notre recommandation, un peu honteux même. Mais, marqués toi et moi par la peur de la disparition, nous avons instinctivement demandé aux enfants de ne pas jouer les explorateurs. Seul Vincent, soi-disant invincible, nous a ri au nez. Tu as répondu que le danger de la forêt était le feu. Le feu bien sûr, étrange fascination. Les filles demanderaient à Vincent, nous en étions sûrs, de leur montrer comment obtenir une flamme avec un tesson de bouteille. Elles exigeraient toujours plus, le poussant à se surpasser, à courir tous les risques. Il était leur héros, leur rempart aussi. En première ligne face aux adultes, c'était Vincent qui absorbait les chocs. Les filles, plus lâches, demeuraient tapies dans leur coin, recroquevillées sur leur part manquante.

Dorothée s'acharnait chaque matin sur son cahier de devoirs de vacances acheté avant le départ. Elle entrait au cours préparatoire en septembre et se passionnait pour l'apprentissage des lettres, qu'elle reconnaissait déjà. Elle savait écrire son nom, attaché et en majuscules, et j'étais fière d'elle. Elle s'installait sur la table de la cuisine et répandait autour d'elle ses feutres et ses crayons de couleur. Mais tu revendiquais la même table, pour préparer le repas. Tu étalais ton papier journal pour éplucher les pommes de terre et repoussais Dorothée dans un coin. Tu gagnais du terrain, tu écartais les coudes, ignorant les efforts que fournissait Dorothée pour se concentrer. Tu te levais, t'asseyais, partais à la recherche de l'épluche-légumes. Tu déplaçais ta chaise, ouvrais le Frigidaire, tu posais une passoire sur la table, une casserole remplie d'eau, et tu finissais par éclabousser le cahier. C'était inévitable, je ne peux m'expliquer comment, tu ne prenais pas garde au cahier de Dorothée. Tu semblais ignorer ce qui se passait sous tes yeux, près de toi. Tu ne voyais pas, tu ne voulais pas voir. Tu occupais la place, tu te concentrais sur tes pommes de terre, comme si ton avenir en dépendait. Tu pratiquais l'épluchage méthodiquement. Tu te fichais de l'apprentissage de l'écriture, tu ignorais ma fille. Tu étais seul face à toi-même, muré dans ton aveuglement. Dorothée finissait par quitter la table et s'installait dehors près de moi. Elle apprenait à t'éviter. Elle apprenait à être chassée. Elle ne comprenait pas que sa présence studieuse était une insolence, comparée à l'échec de Vincent.

La piscine renvoyait tous les reflets, posée comme en plein ciel. Elle était le lieu de la réconciliation. La piscine permettait de mettre fin aux repas, aux corvées, aux tensions. Elle clapotait doucement et berçait nos siestes. Elle attirait les insectes et les oiseaux qui venaient y boire, malgré l'odeur âcre du chlore. La piscine nous consolait, nous absorbait. Elle captait toutes les lumières qui s'accrochaient ensuite à nos visages, mettait de l'éclat dans nos yeux. Même si nous ne nous baignions pas, nous aimions nous installer au bord de la piscine. Nous avions l'illusion qu'il s'y passait toujours quelque chose. Alors que rien n'arrivait. L'eau n'en finissait pas d'être filtrée et recrachée en un courant imperceptible. La surface frémissait à peine quand le vent se levait. Nous nous asseyions et agitions nos mollets dans l'eau quand la chaleur rendait nos membres douloureux. Nous y glissions tout entiers quand nous ne supportions plus d'être alanguis, à la limite de l'évanouissement. Nous parcourions alors le petit bassin dans sa longueur, heureux de sentir que la fraîcheur de l'eau nous traversait et nous redonnait vie.

Vincent passait son temps dans la

piscine et exigeait la présence d'Émilie. Mais Émilie trouvait l'eau trop froide. Elle pointait le bout du pied à la surface et se mettait à frissonner. À ce moment, un nuage masquait le soleil et elle décidait de renoncer. Vincent hurlait que sans Émilie, se baigner n'avait aucun intérêt. « Allez viens, je vais t'apprendre à plonger ! » Mais Émilie s'éloignait du bassin, prétextant un mal de ventre persistant. Elle venait d'avoir ses règles et cette petite révolution la mettait dans tous ses états. Elle acceptait d'enfiler son maillot de bain, pour bronzer, mais il n'était pas question qu'elle trempe les fesses dans l'eau. Elle papillonnait autour de la piscine, courait sur la dalle de pierre malgré nos recommandations. Vincent surgissait hors de l'eau et la prenait en chasse jusque dans la maison. Dorothée poussait des hurlements comme si Vincent eût été un loup. Émilie s'enfermait dans la salle de bains et, hors de danger, cessait un instant de jouer. Vincent s'en prenait alors à Dorothée qu'il menaçait de jeter dans la piscine, agacé par mes mises en garde menaçantes qui lui rappelaient que Dorothée ne savait pas encore nager. Elle était belle, Dorothée, dans les bras de Vincent, elle riait, frissonnant de peur et d'excitation. Tu étais là, près de moi, et tu assistais au spectacle innocent que donnaient nos enfants. Ton fils et ma fille, quatorze ans et six ans, dans les bras l'un de l'autre, comme les chiots d'une même portée, l'espace d'un instant. Nous avions l'illusion, si nous voulions nous donner la peine, que tout était possible. Nous en avions la preuve. Puis tout redevenait inquiétant. Tu étais là sans rien dire, tu semblais loin de nous. Vincent t'envoyait un ballon que tu retournais avec violence. Et les nuages s'amassaient comme avant l'orage et Émilie réapparaissait, habillée de haut en bas, les sourcils froncés et les écouteurs du discman plaqués sur les oreilles. J'en profitais pour donner à Dorothée un cours de natation. J'avais décidé qu'à la fin des vacances, elle traverserait le bassin seule. Tu devais m'épauler sur cette voie, avais-tu promis. Mais tu restais allongé sur ta chaise longue. Je me mettais alors à douter. Je perdais confiance en toi.

Puis tout s'est transformé quand tu as aperçu cette masse sombre derrière la fenêtre. Tu t'es approché et tu as poussé un cri d'étonnement. Tu as appelé les enfants. Tu étais méconnaissable. Un essaim d'abeilles s'était installé entre la fenêtre et le volet de la salle de bains. Heureusement, disais-tu, que personne ne l'avait ouvert. On aurait provoqué une catastrophe. Les enfants se sont massés le long de la baignoire, puis ont carrément mis les pieds dedans. L'essaim, énorme, occupait toute la place. Chacun ouvrait grand les yeux. Vincent, qui en connaissait un rayon sur les abeilles, donnait des explications à Émilie et jouait des coudes pour que Dorothée soit aux premières loges. Tu complétais les commentaires de Vincent et ce que tu racontais était passionnant. Je vous regardais tous les quatre, massés derrière la vitre, vibrant au rythme du spectacle que vous veniez de découvrir. Tu parlais, tu étais là, pleinement. Les enfants te posaient des questions, se tournaient vers toi. Moi je n'existais pas et c'était bien. Tu étais vivant, tu semblais heureux auprès de nous. Puis tu m'as proposé de regarder à mon tour. J'ai enjambé la baignoire et tu m'as tendu la main. Tu as approché ton visage du mien. Ta barbe commençait à piquer. Nos regards se sont croisés et j'ai décidé de ne plus avoir peur.

Mais tu t'es relevé au milieu de la nuit. Tu es sorti sur la terrasse et j'imagine que tu es resté là longtemps, assis à même le sol, à triturer des brindilles. Je ne suis pas venue te rejoindre comme je le faisais quand je t'ai rencontré. J'ai appris à t'abandonner. Je savais que tu pensais à elle, que tu tentais de lutter contre l'oubli, te remémorant les mots prononcés avant sa mort. J'avais peur que le passé ne prenne toute la place. J'ai attendu, paralysée sur le clic-clac, que tu reviennes. J'ai écouté la respiration de Vincent sur la mezzanine. J'ai essayé de vous imaginer, vous deux, auprès d'elle. Vincent en petit garçon insouciant et toi la prenant par l'épaule et posant ta bouche sur la sienne. J'ai essayé encore une fois d'imaginer cela, en acceptant d'avoir le corps qui tremble. Votre vie, celle dont je suis exclue et dont je sais qu'elle était plus belle que ce que je peux vous offrir aujourd'hui. J'ai essayé de réfléchir, comme on peut le faire à deux heures du matin, c'est-à-dire en se cognant contre tous les murs, pendant que tu frissonnais sous la lune. Je savais qu'il me fallait me rendormir sous peine d'accueillir dans mon lit tous les démons de la nuit. Je t'ai attendu. Je ne supportais pas une maison sans toi. Moi et les enfants, ça ne suffisait pas, ça ne ressemblait à rien. Je voulais faire quelque chose pour toi mais tu me tenais à distance. Tu défendais ton territoire perdu.

Les filles attendaient une lettre de leur père. Je le savais. Je le devinais à la façon qu'elles avaient de tourner autour de moi quand soudain une brèche s'ouvrait dans la journée, une parenthèse, un point mort. C'était le plus souvent au retour d'une balade. La maison était en vue, encore quelques mètres au travers des vignes et nous pouvions descendre de voiture. Émilie se précipitait vers le volet où le facteur avait déposé une lettre pour Vincent dès le troisième jour. Elle scrutait le battant sans en avoir l'air, inspectait la fenêtre. Elle cherchait, tournait encore et revenait vers moi sans rien dire, un peu perdue. Dorothée rejoignait sa sœur et toutes deux se tenaient par la main, balançaient leurs bras sans prononcer un mot. Elles demeuraient immobiles et leurs visages changeaient. Seuls les bras montaient vers le ciel puis retombaient à toute vitesse, dans un geste compulsif. Ce rituel silencieux m'anéantissait, me renvoyait à ma propre attente, quand, pendant plus d'une année, j'avais espéré le retour de mon mari enfui. Je pensais qu'il reviendrait pour elles, s'il n'était pas capable de revenir pour moi. Je pensais que les enfants étaient plus forts. Je me trompais. Il était fou de ses enfants, puis après il n'en était plus fou. Comme une montre qui s'arrête. J'ai mis des mois à admettre que je me trompais. Sa vie n'était plus auprès de nous. Nous ne l'intéressions plus. Il s'est détaché comme un fruit mûr. Sa vie était ailleurs, je n'ai jamais compris où. Ailleurs, c'est-à-dire suffisamment loin pour qu'il ne voie plus ses filles qu'un week-end sur deux. Dorothée et Émilie se tenaient encore par la main et venaient se frotter à moi et cela t'énervait, je le sais bien, que mes filles fassent comme une ronde autour de moi, tournent comme des insectes excités par l'orage. Tu prononçais souvent une phrase désagréable à ce moment-là. Alors que j'aurais tant aimé sentir tes bras autour de mes épaules. Mais non, tu t'éloignais quand nous faisions corps toutes les trois, tu fuyais, tu ne voulais même pas voir, surtout ne pas être témoin. Tu tenais notre malaise à distance, comme s'il ne te concernait pas. Et peut-être qu'il ne te concernait pas.

C'étaient nos premières vacances ensemble. Nous voulions savoir si nous étions capables de vivre toi, moi et les enfants sous le même toit. Nous brûlions de trouver une réponse. Nous avions tant d'espoir. C'était une déclaration d'amour que nous nous faisions, sans doute la première. À moins que ce ne soit un arrangement, un mariage de raison. Je savais, depuis le jour de notre rencontre, que c'était avec toi que la vie recommencerait. Après des années de solitude, tu es arrivé et j'ai compris que j'étais encore vivante. J'avais cette force en moi, oubliée. Après ces années où je me levais le matin, aveugle, repliée sur mon chagrin. Les filles étaient mon unique repère, mon garde-fou. Elles m'empêchaient de basculer dans le vide. Elles m'obligeaient à avancer, mais j'allais à tâtons, comme une convalescente. Je n'entendais plus, ne voyais plus. J'avais appris à occuper le temps, gérer le calendrier. Ne pas me laisser submerger par les heures, l'énorme masse du temps qui refuse de passer. C'était le seul combat que j'avais été capable de livrer. Prévoir, anticiper, dompter l'arrogance des week-ends qu'il fallait meubler, sans parler des vacances, le point noir absolu. Je me souviens des vendredis soir, à la sortie de l'école. Cette effervescence qui flottait dans l'air. Une agitation particulière, une légère tension. Et ces femmes qui attendaient devant le portail que leurs enfants apparaissent dans la cour, ces femmes qui discutaient en petits groupes, affichant un sourire satisfait, commentaient leurs projets, savouraient leur réussite, et qui embarquaient la famille dans des Renault Espace. Je savais qu'elles avaient un emploi du temps plein à craquer, ce dont elles se plaignaient. Le plus souvent, leurs maris rentraient tard et cela les contrariait. Mais ils rentraient, leurs maris à elles rentraient, fatigués, de mauvaise humeur, mais ils rentraient à la maison, ils les embrassaient dans le cou, même distraitement, ils prenaient les enfants dans leurs bras, ils déboutonnaient le col de leur chemise et leurs vies pouvaient continuer. J'étais devant la grille de l'école, la peur au ventre, et je n'existais pas. Comme si le monde m'était confisqué. J'espérais que les filles ne se rendraient compte de rien, ni de ma détresse ni de ma lassitude. Je n'avais rien à proposer, rien à attendre. Nous allions parfois faire un tour en ville sous prétexte d'acheter un livre ou un pyjama. Pour repousser le moment où nous rentrerions toutes les trois dans l'appartement. Puis tu es arrivé et j'ai cessé de vivre en exil. Tu as donné un sens aux matinées, aux sorties d'école, tu avais des yeux qui me regardaient et tout a changé.

L'essaim grossissait. Les abeilles perpétuaient leur tâche, se répartissaient les rôles. Les ouvrières s'affairaient, occupées à confectionner les niches qui accueilleraient le miel, les gardiennes se tenaient derrière le volet, prêtes à défendre leur territoire, les butineuses s'aventuraient au-dehors à la recherche de pollen. Nous assistions à l'accomplissement de leur destin, jour après jour et, admiratifs devant tant d'opiniâtreté, nous promettions secrètement de mettre autant d'ardeur à la construction de notre vie nouvelle. Les abeilles produisaient du miel quoi qu'il arrive et avaient pour mission de protéger la reine. Les insectes s'organisaient pour parvenir à leurs fins.

Il était des jours où nous demeurions au gîte toute la journée. Reclus dans la fraîcheur de la maison, les volets clos, ou alanguis sur des chaises longues. Nous n'avions pas envie de mettre en route le moteur de la voiture et de consulter la carte des environs. Nous nous abandonnions à l'écoulement des heures et observions la course du soleil en clignant des paupières. J'ouvrais un roman que je parcourais sans parvenir à m'y installer vraiment. Je somnolais, relisant les mêmes phrases plusieurs fois de suite et, devant mon incapacité à me sentir concernée par les personnages, refermais le livre. Les filles passaient en revue la maigre garde-robe emportée et s'adonnaient à d'interminables séances d'essayage. Puis elles enfilaient leurs maillots de bain, se badigeonnaient le corps d'Ambre solaire et marchaient comme des mannequins le long de la piscine, sous l'œil prétendument indifférent de Vincent. Au moment où Vincent espérait les attirer dans l'eau, elles lui tournaient soudain le dos, préférant regagner la maison et s'allonger sur les lits de leur chambre, ce qui m'obligeait à composer des phrases de désapprobation, et surtout à trouver l'énergie pour les prononcer à voix haute. Vincent ainsi délaissé s'asseyait au bord de l'eau en remuant mollement les jambes. Puis il se redressait d'un coup, se saisissait de l'épuisette et partait à la rescousse des insectes en péril à la surface. Il se concentrait sur sa tâche et s'enfermait dans un silence suspect. Quand il était venu à bout de son opération de sauvetage, il te cherchait pour te montrer les coccinelles et les hannetons qu'il avait arrachés à la mort. Mais devant ton manque d'enthousiasme, il alertait les filles et finissait par entrer dans la maison, dégoulinant. Il avait dans le regard une expression étrange qui, encore une fois, me forçait à intervenir, puisque toi, tu avais renoncé, semblait-il, à t'occuper de Vincent.

J'aurais aimé n'avoir pas d'enfants qui papillonnent autour de moi, réclament à boire et à manger, posent d'innombrables questions et finissent par se morfondre d'ennui ou par se battre. J'aurais préféré que nous soyons seuls toi et moi, une journée seuls, à écouter le vent qui siffle à l'orée du bois. Ne rien faire que respirer le parfum du figuier qui nous parvenait par intermittence. J'aurais aimé que tu t'approches de moi et que tu poses tes lèvres sur mon ventre découvert. Et que nous pensions enfin à nous, à cet avenir auquel nous n'avions pu nous empêcher de croire, oubliant tout, les enfants et leurs moments de détresse que nous essayions d'adoucir, les absents et le passé qui nous empêchaient de défaire nos chaînes. Tu étais là, à mes côtés, tu étais grand, bâti comme un nageur, mais tu avais la fragilité des titans et c'est ce que j'aimais en toi, ta présence massive légèrement courbée et la douceur avec laquelle tu bougeais, fréquemment secouée par des accélérations nerveuses. Un homme à deux vitesses, docile et rebelle, doux et violent, parfois buté comme un enfant. J'étais allongée sur la terrasse et j'observais tes allées et venues. Tu entrais dans la maison, en ressortais avec un verre de vin blanc et une coupelle d'olives et tu m'apportais à boire, tu t'accroupissais près de moi et je fermais les yeux. Des dessins de lumière bougeaient sous mes paupières et je me laissais gagner par le chant des cigales et les premiers effets de l'alcool. Je savais que la cigarette te manquait. Je t'entendais entrer à nouveau, ouvrir un tiroir ou deux, puis tu revenais vers moi, sans savoir où était ta place. Tu finissais par t'asseoir sur la dalle tiède et ta présence me suffisait. Les cris des enfants fusaient à travers les volets fermés. Il aurait fallu trouver la force d'aller jusqu'à la chambre où Vincent faisait mine de terroriser les filles. Mais nous préférions penser à un jeu, las d'accuser Vincent qui semblait ne jamais discerner le bien du mal. C'était un problème entre toi et moi : Vincent.

Il avait dix ans quand sa mère est morte et je ne pouvais m'empêcher d'y penser chaque seconde. Je regardais Vincent et c'est sa mère que je voyais, avec ses yeux et ses cheveux clairs. J'étais troublée par ton fils parce que sa mère était morte et que moi j'étais vivante. Je ne savais comment être ta femme sous les yeux de Vincent. Il m'arrivait de ne pas parvenir à te toucher parce qu'il était là tout près et que j'ignorais comment il percevrait ce geste. J'avais peur de t'approcher comme elle le faisait. Je passais derrière toi et attrapais tes épaules, me hissant sur la pointe des pieds pour t'embrasser derrière l'oreille et sentais dans mon dos le regard de Vincent qui me stoppait dans mon élan. Il ne disait rien, jamais, ne se permettait aucun commentaire et c'est son silence qui me glaçait. Je percevais parfois un regard qu'il avait laissé traîner une seconde de trop et je mesurais l'immensité de sa révolte, mais peut-être que je me trompais. N'était-ce pas moi qui imaginais cela parce que Vincent m'apparaissait comme une énigme lancinante ? Tu ne m'aidais pas. Tu te laissais approcher sans accomplir le moindre geste. Tu me renvoyais à la responsabilité de mon étreinte sans jamais t'épancher sous les yeux de Vincent. Et nos élans manquaient de folie, nos paroles de légèreté et nos rires de franchise. Nous étions sous contrôle.

Nous nous sentions coupables. Et pourtant j'aimais Vincent, même si cet enfant m'effrayait. J'aimais quand il m'appelait par mon prénom, parce qu'il ne pourrait plus jamais dire « maman ». J'y pensais chaque fois qu'il s'adressait à moi. Il disait « Linda » quand il aurait dû appeler sa mère. Et Linda, c'était moi, qui aurais aimé le prendre sur mes genoux, mais c'était trop tard, on ne prend pas un adolescent contre soi, on ne lui lit pas une histoire le soir avant de dormir, on ne le touche pas. On ne le console pas quand il ne vous a rien demandé, on se contente de le frôler avec appréhension. On peut ébouriffer ses cheveux d'un revers de la main, ajuster la capuche de son vêtement, réclamer un baiser avant le départ. Mais je croyais percevoir qu'il évitait mon contact. Il avait besoin d'elle, je le savais, mais de moi qu'allait-il faire ? Me laisserait-il arriver jusqu'à lui ? J'étais préoccupée par Vincent, par sa force apparente, et l'énergie qu'il mettait à nous faire croire que tout allait bien me désemparait. C'était sa façon de me tenir à distance, me démontrer qu'il se passait de sa mère et donc qu'il se passerait de moi. Mais tout chavirait en un instant. Il suffisait d'un rien et l'équilibre qu'il avait patiemment construit s'effondrait. C'est ce qui arrivait quand les filles, plus insistantes qu'à l'accoutumée, m'accaparaient et me couvraient de caresses. Quand Dorothée s'installait contre mon ventre. Quand Émilie se suspendait à mon cou en réclamant un baiser. Vincent nous surveillait alors du coin de l'œil et ce que je croyais y lire me terrifiait. Était-ce sa peur qui me transperçait ou la mienne qu'il me retournait violemment ? Je pensais que nous apprendrions à nous apprivoiser au fil des jours, que Vincent oserait venir lui aussi se suspendre à mon cou et qu'il deviendrait mon enfant, le garçon que je n'avais pas eu. Mais je me trompais, nous n'avons pas eu le temps de devenir une famille.

Le temps était clair. Nous apercevions l'océan au loin, et son rivage que nous imaginions désert. Tu as proposé de nous emmener au bord de la mer. Tout le monde a aussitôt préparé ses affaires pour aller se baigner. Tu t'es laissé porter par notre enthousiasme, tu as rangé le goûter dans un sac en sifflotant. Tu as repéré sur la carte un village côtier qui te semblait prometteur. Nous avons quitté la maison et nos vignes sans regret, heureux de partir à la découverte du monde. Pendant le trajet, les filles ont chanté des chansons apprises à l'école. Vincent se moquait d'elles mais a fini par reprendre les refrains en chœur. Puis, emporté par la bonne humeur de chacun, il se lança à son tour et fredonna timidement une mélodie dont il avait – semblait-il – oublié les paroles. Les filles se sont tues, et seule la voix de Vincent s'élevait à l'arrière de la voiture. C'était troublant d'entendre sa voix ainsi concentrée et hésitante. Il retrouva peu à peu les paroles et j'ai vu que tes lèvres bougeaient en même temps que celles de Vincent, et j'ai vu tes yeux chercher les siens dans le rétroviseur. Je demeurais immobile et j'écoutais Vincent, recueillie et émue. À quatorze ans, il avait choisi de nous chanter une comptine qu'on apprend à la maternelle. Vincent n'était plus là, avec nous, il chantait sa comptine de petit enfant, un sourire se dessinait sur ses lèvres et personne ne peut dire à quoi il pensait en cet instant, s'il était entre les bras de sa mère ou s'il n'était nulle part, hors d'atteinte, s'il avait disparu.

Tu as cherché longtemps une place avant de garer la voiture et j'ai eu peur que tu ne t'énerves comme tu le faisais souvent. Tu as été étrangement patient, ouvrant le coffre et donnant à chacun ses affaires de plage. Mais ton calme apparent précédait de peu la panique qui s'était emparée de toi et qui allait te précipiter dans le premier bureau de tabac venu. Tu m'as dit : « Je crois que je vais acheter des cigarettes » et tu m'as prise par les épaules pour te faire pardonner. Tu as voulu te justifier et je t'ai interdit de le faire. Tu avais honte, me semble-t-il, parce que tu avais dit « je crois ». C'était comme si tu demandais la permission. « Je crois que je vais acheter des cigarettes », comme on dit « Je crois que je t'aime ». Alors que tu étais parfaitement sûr. Sûr de ton énième échec. Tu étais sûr que j'allais juger l'ampleur de ta défaite. J'allais être convaincue de ta faiblesse. Tu enfouissais ta tête dans mon épaule, ton regard n'était plus digne du mien. Tu appelais ma clémence, invoquais ma compréhension. Alors que je le savais depuis le premier jour : tu ne parviendrais pas à arrêter de fumer. Il suffisait d'ouvrir les yeux. Je savais ce que tu semblais ignorer. Mais j'avais fait semblant. De te croire, d'écouter les raisons de ta détermination. Espérant que je me trompais, encore une fois. Tout le monde peut se tromper. Ce que tu ne savais pas, c'est que j'aimais ta faiblesse. Je t'avais sans doute choisi pour cela.

J'aimais qu'un homme puisse avouer sa faiblesse. Et non pas sa lâcheté. Qu'est-ce qui fait qu'un jour on est capable d'arrêter de fumer, quelle force soudain vous possède ? Tu croyais que je ne m'étais pas posé la question ? Ce que j'entendais dans ta phrase « Je crois que je vais acheter des cigarettes » était que rien n'avait changé pour toi. Je n'avais pas été capable de te donner cette force. Et c'était un échec pour moi aussi, qu'est-ce que tu imaginais ? Que je n'étais pas concernée ? L'élan qui t'avait poussé vers moi n'était pas assez intense pour que tu renonces à la cigarette. Tu y avais cru mais ce n'était qu'une illusion. Je n'étais qu'une illusion. Donc il te restait le manque et des dizaines d'excuses. Tu étais bardé d'excuses. Je comprenais cela. Tu avais des circonstances atténuantes. Tu le savais. Mais je préférais que tu renonces plutôt que tu continues de résister en mettant au point d'ignobles stratagèmes. Depuis le début des vacances, je te voyais inventer de nouveaux subterfuges, ruses pitoyables censées éconduire le manque, qui enflait au fil du temps, qui hantait tes journées et tes nuits. Je te voyais te débattre contre ce désir mauvais qui t'obligeait à te tromper toi-même, puis à succomber, après des heures de lutte. Oubliant que je savais cela, tu as ajouté, pour adoucir ton aveu : « J'achète un paquet qui fera jusqu'à la fin des vacances », et cette précaution que tu prenais pour sauver les apparences me fit horreur. Que tu oses me rassurer avec un aussi grossier mensonge me blessa. Je me mis à douter de toi.

Les enfants, qui avaient trouvé une place sur la plage, enfilaient leurs maillots de bain tout en attendant ton retour. Allais-tu fumer devant eux et t'exposer à leurs huées ou préférer te cacher ? Tu es revenu et tu as plongé directement dans les vagues. Ton corps a disparu sous les premiers rouleaux. Puis tu as regagné le bord, surpris par la puissance du ressac. Les trois se sont précipités vers toi et ont grimpé sur tes épaules qu'ils utilisaient comme un plongeoir. Tu as mis la tête de Vincent sous l'eau. Il a tenté de te le rendre. Tu as soulevé Dorothée qui cherchait refuge dans tes bras. Tu riais avec les enfants, tu sautais avec eux par-dessus les vagues, tu les protégeais. Tu faisais tourner les filles au bout de tes bras. J'étais assise au bord de l'eau et regardais la lumière qui se reflétait sur ton visage. Tu criais : « Viens, elle est bonne ! » et je répondais : « Pas tout de suite, j'attends un peu. » Je savourais ce moment que je savais provisoire, je le savourais comme on se délecte de la fragilité des jours. Je te regardais, toi et les filles qui ne te laissaient pas une seconde de répit, et Vincent qui était au cœur de vos ébats, qui s'arrangeait pour en être le point central, l'indispensable enfant.

Les vacances s'écoulaient ainsi, tantôt paisibles, tantôt inquiétantes, et faisaient de moi un otage docile près de se briser à chaque instant. À force d'interpréter le moindre signe, de lire dans les pensées de chacun et de vouloir soulager les problèmes de tous, j'étais comme un linge qu'on essore. J'encaissais tous les coups. Puis l'apiculteur est arrivé, un jour à six heures de l'après-midi, alors que nous n'attendions personne. Tu nageais dans la piscine avec Dorothée qui s'appliquait à faire quelques brasses pour arriver jusqu'à toi. Vincent et Émilie étaient derrière la maison à l'orée du bois, et moi je coupais du saucisson sur la terrasse. L'apiculteur a dit qu'il avait été contacté par le propriétaire et regrettait de n'avoir pu venir avant. Tu n'appréciais pas que cet homme débarque à l'improviste et impose sa présence. Tu ne l'as pas regardé en face, tu t'es contenté de lever les yeux jusqu'à son menton, ce qui pouvait sembler logique étant donné que tu étais dans l'eau et lui en aplomb sur le bord de la piscine. De plus, tu avais le soleil dans les yeux, ce qui n'a pas facilité le contact. Tu as pris ton temps. Tu t'es longuement séché les jambes et le torse et j'ai vu que cela te dérangeait d'apparaître en maillot de bain face à un inconnu. Tu as continué de te faire désirer et cela m'a gênée, moi qui ai un sens de l'accueil qui frôle parfois la soumission. J'ai voulu compenser, lui offrant d'ores et déjà une rondelle de saucisson. Tu as trouvé mon geste trop familier, ai-je cru comprendre. Vous avez pénétré dans la maison et Dorothée, curieuse de ce qui allait se passer, est sortie de l'eau. Émilie et Vincent, alertés, se sont aussitôt précipités à votre suite. L'apiculteur tenait à la main un enfumoir et un chapeau avec un voile noir. Il portait un tee-shirt rayé comme un footballeur. Il a évalué la façon dont l'essaim était fixé entre la vitre et le volet et a affirmé qu'on ne pouvait ouvrir la fenêtre sans endommager l'ensemble, c'est-à-dire risquer de voir le miel se répandre et surtout de perdre la reine. Il fit le tour de la maison pour inspecter le volet et imaginer une manière de scier ses attaches en acier. Il avait l'air hésitant, pas convaincu. Il disait qu'il avait besoin de réfléchir. Allait-il opérer de l'intérieur ou de l'extérieur ? Puis, au lieu de prendre congé, il attrapa Dorothée qu'il fit voltiger sur ses bras et plaça sur sa tête le chapeau à voile noir. Dorothée ainsi déguisée tourna sur elle-même en riant et demanda à l'apiculteur de lui expliquer le fonctionnement de l'enfumoir. L'apiculteur s'installa à notre table, par moi convié à boire l'apéritif. Il ne buvait que du thé.

Il resta longtemps assis sous l'auvent, assailli par les questions des enfants. Toi, tu demeurais muet, incompréhensiblement terrassé. Et moi, je le retenais, je lui versais du thé en souriant. Il habitait un village dans la montagne mais logeait pendant l'été dans la maison de son père au hameau tout proche. Il était d'ailleurs monté à pied. Il vivait dans le pays depuis plus de dix ans mais venait du Nord où il avait tout plaqué, nous expliqua-t-il, pour se consacrer aux abeilles. Je trouvais cela romantique qu'un homme soit capable de tout laisser tomber pour vivre à la campagne dans la solitude. Tu trouvais cela suspect. J'étais séduite, attirée par l'étrangeté de cet homme, sa maigreur et son visage mangé par une barbe noire. Il nous fit promettre de passer le voir au hameau, il nous parlerait des abeilles plus longuement. Il n'y avait pas de nom sur la boîte aux lettres mais il suffisait de taper au volet, c'était la première maison à droite.

Il y avait eu de l'orage pendant la nuit et nous avions négligé de mettre les chaises longues et les matelas de plage à l'abri. Un petit torrent s'était formé le long des vignes qui creusait des ravines entre les ceps et dévalait tranquillement la pente. La terrasse était recouverte d'une coulée de boue et de brindilles arrachées aux arbres. Nous avons passé la matinée à nettoyer les abords de la maison et à mettre le matériel à sécher. Le ciel était encore menaçant, chargé de nuages gris qui arrivaient par-derrière, au-dessus de la forêt. Un vent frais nous glissait entre les jambes qui n'annonçait rien de bon. Le facteur a fait son apparition au bout du chemin dans sa voiture et m'a remis une lettre à l'attention de Vincent. Vincent me l'a arrachée des mains comme s'il avait peur que je la lise. Son geste fut brusque, déplacé, et je t'en ai voulu de ne pas le lui avoir reproché. Tu as fait comme si de rien n'était, tu as laissé Vincent maître de la situation. Vincent s'est débarrassé des filles qui voulaient savoir qui lui envoyait du courrier et a gagné sa mezzanine. D'un coup, nous n'existions plus les filles et moi, il nous écartait de son chemin, et nos histoires devenaient incompatibles, il y avait la vôtre d'un côté, votre passé et vos secrets auxquels nous ne pouvions accéder, et la nôtre, triste histoire un peu banale, et nous redevenions deux clans, les hommes d'un côté et les filles de l'autre. Il y avait vous deux dans la maison et nous dehors qui n'osions plus entrer de peur de ne plus trouver notre place. J'étais obligée d'attendre un signal pour faire un pas vers toi. Mais tu faisais durer, tu avais rejoint Vincent sur la mezzanine et je ne sais si vous parliez – vous vous parliez si peu – ou si vous étiez simplement l'un près de l'autre, occupant le même espace, reconstituant les conditions d'une fragile complicité. J'attendais, guettant le signe qui viendrait de toi, mais le signe ne venait pas, je n'étais pas désirée, je ne pouvais rien pour vous. Je tournais autour du figuier avec le sentiment de n'être rien en cet instant qu'un électron libre, et j'étais bien obligée d'admettre que ce rien qui m'était assigné me séparait de toi, me tenait éloignée de ton mystère. Et je souffrais de ne pouvoir te saisir, de n'avoir aucune emprise, de n'être rien qu'une femme arrivée à mi-parcours, dissociée de ton passé comme tu l'étais du mien. Une femme éjectée de ta mémoire.

Tu nous as annoncé que la grand-mère de Vincent viendrait probablement nous rendre visite les jours prochains. C'est-à-dire ta mère. Et j'ai senti que les vacances n'auraient plus la même saveur. Tu m'as demandé mon avis, bien sûr, tu n'as pas voulu m'imposer cette visite, tu n'avais pas cette indélicatesse. Et moi je n'avais pas l'arrogance de m'y opposer parce que je savais parfaitement le rôle que ta mère avait joué auprès de Vincent quand ta femme était morte. Tu m'en avais parlé souvent, de tout ce que ta mère avait fait pour toi, de sa générosité et de sa grandeur d'âme. Tout ce que ta mère avait imaginé pour que Vincent se libère du mutisme dans lequel il s'était enfermé et qui dura plusieurs mois. Comment elle l'avait accompagné jour après jour et comment elle avait su ne jamais cesser de lui parler pour qu'un matin un son sorte à nouveau de sa bouche. Ta mère allait débarquer, avec des provisions et des cadeaux pour chacun. Elle ferait écran entre toi et moi, elle s'adresserait à Vincent comme à un bébé et il redeviendrait un tout petit garçon. Il parlerait en minaudant, il se calerait sur les genoux de sa grand-mère et chercherait à glisser sa tête entre ses seins. Je ne voulais pas voir cela, assister aux multiples rituels qui vous unissaient depuis le triste jour. Je ne voulais pas supporter ses assauts en me taisant, alors que tout en elle m'agressait et surtout la façon dont elle entretenait son petit-fils dans la confusion. Elle prétendait remplacer sa mère et se comportait avec toi comme une femme de quarante ans. Elle agiterait ses décolletés sur sa gorge fripée, ferait voler ses jupes et réajusterait dix fois dans la journée sa chevelure flamboyante. Je n'accepterais pas de me soumettre pour l'accueillir comme une reine et de voir s'anéantir ce que nous avions mis tant de temps à échafauder : je parle de l'intimité que je tentais d'installer entre toi et moi, dont j'avais l'impression qu'elle refluait à la moindre occasion. Nous gagnions du terrain doucement, tu finissais par t'abandonner, tu acceptais de te confier, je te sentais proche, je percevais ton amour, même furtivement, puis d'un coup tu n'étais plus le même, tu n'entendais plus, ne voyais plus, tu t'éloignais, soudain inaccessible, retranché sur ton île et il fallait te reconquérir, recommencer depuis le début, franchir toutes les étapes. Je pensais que deux semaines de vacances nous donneraient le temps de progresser, de découvrir ensemble des zones encore inexplorées. Nous avions besoin de temps.

La fenêtre de la chambre des filles a claqué violemment. Puis un éclat de voix, un bruit de bousculade et Vincent qui s'est enfui, a contourné la maison et s'est précipité vers la forêt. Émilie est sortie à sa suite, les joues rougies, avec de la colère dans les yeux. Elle n'a pu rattraper Vincent et est revenue en pleurant. Elle n'a rien voulu dire. Elle s'est tournée vers toi qui lisais le journal en fumant une cigarette et a dit avec une assurance que je ne lui connaissais pas : « Tu pourrais faire quelque chose ! » Elle a disparu dans la pénombre de la maison et s'est jetée sur son lit dans un profond désespoir. Mes questions n'y ont rien fait. Je me suis assise près d'elle en tentant de la calmer. J'ai eu peur de ce qu'elle cachait, peur de ce qui venait de se passer avec Vincent. J'ai tenté de faire des phrases qui ne l'effraieraient pas, sur un ton maladroit. Elle a seulement dit qu'elle en avait assez de supporter Vincent. Elle a ajouté que parfois il était fou et que si ça continuait, c'est elle qui s'en irait. Si je récapitulais, ma fille aînée était dans mes bras en pleurs, Vincent s'était sauvé et toi, tu fumais sur la terrasse sans réagir. Dorothée était dans l'embrasure de la porte et regardait sa sœur sangloter. Et ta mère qui arriverait sûrement dans un jour ou deux. J'ai eu envie de faire nos sacs, ceux des filles et le mien et de vous laisser ici, toi et Vincent. Toi qui ne voulais pas admettre que j'étais là parce que je t'aimais. Parce que je t'attendais. Qu'est-ce que j'avais encore à faire ici, à six cents kilomètres de chez moi, si tu ne voulais pas te laisser approcher ? Pourquoi je perdais mon temps avec un homme qui refusait de voir autre chose que son chagrin et qui s'enliserait bientôt dans des sables mouvants dont on ne revient pas ? Je suis sortie sur la terrasse et tu étais de dos, un peu voûté au-dessus de ton verre. Ta nuque était rougie par le soleil et j'ai seulement dit : « Vincent va mal, il faudrait le soigner. » Tu as répondu que les filles faisaient des histoires pour un rien et que Vincent devait supporter leurs humeurs, nous renvoyant dos à dos avec nos enfants respectifs.

Dorothée est sortie à son tour et a fait un grand détour pour nous éviter. Elle nous a ignorés et s'est adressée à son lapin. Elle a dit que Vincent était méchant parce qu'il avait volé le journal intime d'Émilie. J'ai pris Dorothée par la main et nous sommes parties à la recherche de Vincent et du journal intime. Nous avons marché jusqu'à la lisière du bois dans lequel nous nous sommes un peu enfoncées puis, n'apercevant toujours pas Vincent, que j'imaginais assis au pied d'un pin en pleine lecture interdite, nous avons renoncé à poursuivre dans cette direction. Nous avons alors longé le bois au sud et pris le chemin du hameau, sans conviction. Vincent était introuvable mais je ne m'inquiétais pas vraiment. Nous sommes arrivées à la hauteur des premières maisons et l'apiculteur était là, comme s'il nous attendait. J'ai voulu faire demi-tour mais il venait à notre rencontre dans son polo rayé et déjà Dorothée souriait et me tirait le bras pour que nous arrivions au plus vite près de lui. L'apiculteur nous invita à prendre une boisson dans la maison de son père. Je remerciai alors que Dorothée me suppliait d'accepter. Nous nous retrouvâmes assises sur un vieux canapé de Skaï dans une pièce encombrée de piles de journaux et de bûchettes de bois. J'aurais préféré que nous nous installions dehors, sur la table du jardin, en pleine lumière. Des cadavres de mouches pendaient au-dessus de nos têtes, scotchés sur des rubans adhésifs. Dorothée, dont j'espérais qu'elle ne serait pas trop bavarde, insista pour voir les ruches et je me demandai ce qui m'empêchait de fuir. L'apiculteur voulut la conduire un peu plus loin sur la colline mais je m'interposai maladroitement, promettant qu'elle viendrait une autre fois. L'apiculteur me jeta un regard froid. Je fis un commentaire complaisant, parfaitement déplacé, et ma bonne éducation l'amusa. Il promit de passer nous voir bientôt pour résoudre le problème de l'essaim. Il me demanda quel moment de la journée nous convenait le mieux. Je proposai de prendre l'avis de mon mari, c'est-à-dire de toi. Bien sûr, je mentais.

À notre retour, tu étais debout au bord de la piscine et semblais tout entier requis par ce que tu apercevais dans tes jumelles. Tu demeurais immobile et regardais en direction de l'océan. Émilie était allongée dans un transat en plein soleil et fermait les yeux. J'ai tiré le parasol vers elle et l'ai protégée, ce qui l'a énervée. Dorothée s'est immédiatement vantée d'avoir bu une menthe à l'eau chez l'apiculteur, ajoutant que je ne voulais pas qu'on en parle. Tu n'as fait aucun commentaire. Pour dissiper ma gêne, j'ai demandé : « Tu as sorti les jumelles pour retrouver Vincent ? » Tu as répondu que tu jouais au *Désert des Tartares*. « Et ne vois-tu rien venir ? » J'ai pris les jumelles et j'ai scruté l'horizon, mais pas du côté de l'océan. J'ai sondé les collines, les vignes depuis le haut jusqu'à leur extrémité la plus basse. J'avais le soleil en face et j'y voyais mal. Mais rien ne bougeait dans mon cadre, pas de tee-shirt orange. Je regardai de l'autre côté, à la lisière du bois, puis le chemin qui descend jusqu'au hameau et je m'aperçus que le toit de la maison de l'apiculteur était dans le champ de vision. En prenant de la hauteur, on pourrait observer son jardin et la façade exposée au nord avec la porte d'entrée. Je poursuivis en explorant la pente en direction de la mer puis revins à l'ouest sur le hameau. Vincent n'arrivait pas.

Nous avions pris place à table dehors près du figuier quand il a surgi en haut du chemin. Il est entré dans la maison sans croiser aucun de nos regards. C'est Émilie qui s'est levée et l'a poursuivi à l'intérieur. J'ai entendu qu'elle lui demandait des comptes et qu'il la repoussait. Je m'apprêtais à me lever à mon tour quand tu t'es redressé d'un bond. Tu les as rejoints et ta voix a éclaté alors que Vincent tentait de gagner sa mezzanine. Tu lui as demandé de descendre, tu l'as sommé de descendre, tu as exigé qu'il se soumette. Je demeurais dehors assise face à Dorothée et ni l'une ni l'autre ne bougions, apeurées par ce qui se passait dans la maison. Le jour déclinait et il faudrait bientôt allumer la lampe sur la terrasse. J'entendais ta voix qui provenait de l'intérieur, plus calme, puis ta voix encore qui perdait patience, puis Émilie est ressortie et j'ai eu l'impression qu'elle échappait au feu, qu'elle ne voulait pas assister à l'affrontement entre le père et le fils. Il y a eu un cri à l'intérieur, puis la voix de Vincent, seule, effrayante, qui prononça des mots dont l'incohérence nous frappa. Nous avons entendu comme la plainte d'un animal qui surgit depuis les entrailles de la forêt. C'était quelque chose de rauque et de tragique qui traversait l'espace, la voix d'un homme ou celle d'un enfant, nous n'aurions pu dire tant il y avait de douleur dans cet appel déchirant. Quelque chose s'est affaissé sur le sol, comme un poids mort et un bruit de chaise qu'on déplace a suivi. J'ai imaginé Vincent à terre, plié en deux, t'implorant de soulager son fardeau. Vincent avec les doigts dans la bouche, se cognant les tempes contre les tomettes froides. Et toi debout, puis accroupi près de lui, passant ta main sur son front. Je t'ai vu à genoux près de Vincent, rongé par l'évidence de ton impuissance, toi le père de Vincent, plus désarmé qu'un enfant, tentant de le rassurer, et Vincent se tordant sous la table, laissant venir à lui tout le chagrin enfoui. Tu t'es relevé, tu tremblais, je n'entendais plus rien, j'imaginais que vous étiez immobiles l'un près de l'autre, que vous vous enlaciez peut-être, ou alors que tu avais étranglé ton fils pour arrêter de le voir souffrir. J'ai vu une ombre passer devant la fenêtre, sans précipitation, une ombre presque tranquille. Dorothée et Émilie étaient blotties près de moi et regardaient la façade de la maison comme si elle était le lieu d'un sacrifice. Des meubles ont bougé, un objet est tombé à terre puis le cri a recommencé et nos estomacs se sont serrés. Cette fois, nous avons compris le mot prononcé par Vincent en un long trémolo, nous avons reconnu la voix de Vincent qui redevenait la voix de Vincent et qui appelait simplement « papa » du plus profond de son enfance.

Le lendemain matin, ton premier geste fut d'allumer une cigarette, avant même d'avoir poussé les volets. Dehors il pleuvait. Les enfants n'avaient pas encore bronché, ni les filles dans la chambre à côté ni Vincent au-dessus dont nous guettions la respiration sans rien nous dire. Tu fumais et l'odeur du tabac m'interdisait de bien commencer cette journée. Nous aurions pu rester couchés plus longtemps, nous aurions pu faire l'amour. Mais il fallait que tu t'agites, que tu marches de long en large dans la pièce, faisant claquer tes espadrilles. Puis tu es sorti avec ta paire de jumelles. Et je me suis demandé encore une fois pourquoi j'étais là, à tes côtés, de plus en plus sûre que j'attendais quelque chose qui ne viendrait pas. J'ai écouté le bruit de la pluie et j'ai voulu me rendormir mais les choses anciennes m'ont habitée d'un coup. Le film se déroulait une fois encore et j'étais incapable de l'enrayer. Mon mari qui revient du marché avec des fleurs pour moi, qui pose sa tête sur mon ventre rond, puis ses mains, attendant que Dorothée bouge à l'intérieur. Mon mari qui accompagne Émilie à l'école, me laissant me reposer avec le bébé à la maison. Mon mari et Émilie qui marchent main dans la main dans la rue et moi à la fenêtre qui les regarde s'éloigner et me disant à cet instant, je m'en souviens très bien, me disant que là précisément, avec mes yeux rivés sur le petit cartable qu'Émilie portait sur le dos, me disant, l'espace de quelques secondes, que rien ne me rendrait plus heureuse que ce tableau apparemment insignifiant, mon mari et moi partageant l'amour que nous portons à nos enfants. Je n'avais rien de plus à espérer. Le même amour, les mêmes enfants, rien ne nous séparait. Quand il prenait Émilie contre lui, c'est moi qu'il serrait, quand il était impatient de la retrouver, c'était une façon de me dire qu'il m'aimait. Puis il a renoncé à l'insouciance, il a semé l'inquiétude et la peur. Je me retournais dans le clic-clac et tirais plus haut la couverture. Il nous a tourné le dos, attiré par je ne sais quelle étoile plus séduisante, quelle contrée plus prometteuse. Et aujourd'hui, après la traversée du désert, après les années de destruction, j'ai recollé quelques morceaux sauvés du naufrage, raccommodé quelques accrocs. J'ai retrouvé un visage que je n'ai plus honte de montrer, j'ai retrouvé un nom. Je t'avais rencontré, j'étais encore vivante et capable d'éprouver du désir pour un homme dont les yeux m'attiraient et la voix me réchauffait. J'étais capable de me mesurer à toi, de te regarder en face, de te défier parce que j'étais amoureuse de toi. J'avais cette force-là, cette image de moi réinventée, j'existais à nouveau parce que tu renvoyais l'écho de ma voix. Mais je savais que plus rien ne serait comme avant. C'est ce que je vérifiais depuis ces quelques jours, et j'en avais à présent la certitude. Mes enfants n'étaient que mes enfants et le partage de cet amour n'existerait plus. J'étais seule avec mes filles désormais. Nous trois d'un côté, toi et Vincent de l'autre, de part et d'autre d'un mur invisible. L'amour ne franchirait pas ce mur, le mur du passé qui se dressait comme une menace. Nous ne faisions que nous cogner contre ce mur et parfois une brèche s'ouvrait qui permettait d'oublier. Parfois nous marchions tous ensemble à la crête du mur et nous avancions vers une vie nouvelle et parfois nous retombions chacun dans son camp et nous avions mal après la chute, nous avions les os brisés. Et là dans mon lit inconfortable, j'avais mal parce que nous avions chuté. Mais je me disais que tout était encore possible, je me croyais capable de tout changer, de te changer, de dissiper ta douleur. J'étais ton héroïne, la femme qui t'arracherait à ta mélancolie. L'indispensable. Mais je devais rivaliser avec elle, ta femme disparue, et plus le temps passait plus son poids s'installait entre nous. Le poids de sa splendeur, sa perfection, sa beauté, tout ce que j'imaginais. Et je me trompais, forcément que je me trompais. Elle n'était probablement pas parfaite. Elle était seulement morte. Je ne pourrais jamais l'égaler.

Vincent est descendu de la mezzanine en chantonnant, comme si la scène de la veille n'avait pas eu lieu. Tu es rentré dans la maison au même moment, après t'être exagérément essuyé les pieds. Tu es venu jusqu'à moi et as soulevé mes cheveux pour poser tes lèvres sur ma nuque. Tu as vu que mon regard fuyait le tien et comme toujours dans ces cas-là, tu as renouvelé ton baiser, maladroitement. Tu as ouvert tous les volets et as préparé du café. Tu as annoncé qu'il pleuvait puis tu n'avais plus rien à dire alors tu es resté silencieux tout en remuant dans la cuisine. Tu m'as aidée à replier le clic-clac et nous avons mis la table du petit déjeuner. Tu as dit au bout d'un moment qu'avec ce temps tu ne voyais rien dans les jumelles, qu'il faudrait descendre plus bas pour apercevoir la mer. Les filles ne bougeaient toujours pas et ce silence m'inquiétait. J'ai entrouvert la porte de la chambre. Elles dormaient l'une contre l'autre dans le même lit, ce qui m'a contrariée. J'ai refermé la porte pour que tu ne sois pas témoin de la scène. Ni toi ni Vincent qui se serait moqué. Quand leur père était parti, elles avaient dormi l'une près de l'autre pendant les semaines qui avaient suivi. Personne ne le savait. Elles avaient même essayé de venir dans mon lit. Est-ce que Vincent avait dormi dans ton lit quand sa mère était morte ? Est-ce que vous pouviez encore vous toucher, vous regarder, vous tolérer ? Peut-être qu'un jour tu parlerais, quand tu aurais confiance. Tu me dirais pourquoi Vincent t'encombrait, pourquoi tu aurais voulu le voir disparaître aussi. J'aurais aimé qu'un jour tu me décrives le gouffre qui t'avait aspiré, autrement qu'en énonçant froidement des faits. Autrement qu'en te comportant comme un homme façonné par le regard des autres, c'est-à-dire supposé dur comme un roc.

Tu as proposé une promenade en voiture jusqu'à l'océan, on mangerait des frites dans un bistrot et on écrirait des cartes postales. Tu voulais aller du côté du port. Tu as ajouté d'un air détaché que ta mère ne viendrait pas. Vincent n'a pas eu l'air étonné et j'en ai déduit qu'il était déjà au courant. Tu m'as demandé de secouer les filles. Tu commençais à tourner en rond, tu te retenais de prendre une nouvelle cigarette. Dorothée et Émilie ont fini par ouvrir la porte et j'ai senti, avant même qu'elles n'entrent dans la pièce, que l'accueil que tu leur réserverais serait plein de reproches. Tu as préféré t'enfermer dans la salle de bains en tête à tête avec l'essaim. Tu as appelé Vincent, tu voulais lui montrer la façon dont les abeilles progressent quoi qu'il arrive, concentrées sur un unique dessein : protéger la reine pour perpétuer la vie. Mais les abeilles fatiguaient Vincent qui te tournait déjà le dos pour faire face à l'ennui.

Nous n'avons pu accéder à l'océan par la route habituelle. Un barrage nous a détournés et tu as perdu patience. Tu as voulu te renseigner mais quand tu as descendu ta vitre, un camion qui arrivait en face a envoyé une gerbe d'eau qui t'a aspergé. Nous avons roulé longtemps sur une route minuscule qui serpentait entre les vignes et semblait ne mener nulle part. Nous avancions derrière une longue file et la promenade au bord de la mer tournait au pari absurde. J'ai proposé plusieurs fois de rebrousser chemin mais tu t'entêtais comme toujours, tu voulais comprendre ce qui se passait. La pluie n'avait cessé de tomber et le va-et-vient des essuie-glaces nous abrutissait. Tu as pensé que quelque chose de grave était arrivé et tu as voulu mettre la radio. Tu as regretté notre isolement sur cette colline. Je t'ai rappelé que c'était toi qui avais décidé de notre lieu de vacances. Tu avais choisi des villages plus près de l'océan mais tout était déjà complet. N'y tenant plus, tu as mis la radio et le retour à la civilisation fut brutal et sans espoir. Nous apprenions qu'un pétrolier était en train de vider son fuel au fond de l'océan, à moins de trois kilomètres du rivage. Soixante-dix mille tonnes de pétrole viendraient asphyxier cette partie de la planète dans les semaines à venir. Tu semblais sidéré par la nouvelle. Tu as dit que tu le savais, tu le sentais, tu pressentais toujours les catastrophes. Tu en as profité pour fumer dans la voiture, en ouvrant ta vitre, qu'est-ce qu'une petite cigarette au regard de soixante-dix mille tonnes de pétrole brut ? Tu t'es tourné vers moi en te composant une mine désolée. Tu étais désolé de ne pas être à la hauteur de tes promesses et tu cherchais dans mon regard un signe qui vaudrait absolution. Une cigarette, on s'en fichait n'est-ce pas, ça ne comptait pas. Tu étais démuni et innocent et j'avais envie de t'attirer contre moi.

Dorothée poursuivait son cahier de vacances et reliait des lettres à des mots, des mots à des couleurs, des formes à des lettres et ainsi de suite. Elle était assise à la table de la cuisine et semblait faire de gros efforts pour rester concentrée. Je l'aidais, lisant pour elle les consignes, rectifiant parfois ses tracés. Vincent écoutait de la musique en haut et Émilie bronzait au bord de la piscine. Tu t'approchais de moi, repartais faire un tour sur la terrasse puis venais me frôler à nouveau. Tu t'éloignais un instant, j'imaginais que tu allais faire quelques brasses puis tu réapparaissais et je pensais à un insecte qui localise son butin. Tu glissais ta main dans mon dos, tu voulais t'asseoir près de moi, tu caressais ma cuisse et tes doigts avançaient sous ma robe. Mais je ne pouvais te laisser aller plus loin, Dorothée était là, avait besoin de moi et les grands occupaient tout l'espace. Nous étions une famille, du matin jusqu'au soir et même encore la nuit, nous avions la charge d'organiser la vie de trois enfants. Et les enfants passaient et repassaient entre nous, les enfants respiraient le même air que nous, les enfants existaient, se levaient, se couchaient, prenaient des douches, les enfants posaient des questions, demandaient la permission, les enfants traversaient la maison en tous sens, donnaient leur linge sale à laver, les enfants nous coupaient la parole, occupaient la banquette arrière de la voiture. Les enfants avaient des yeux et des oreilles et nous devions attendre la nuit pour faire l'amour. Mais depuis le début des vacances, la nuit ne t'inspirait guère. Et tu étais là soudain, inexplicablement, et enfin tu me regardais, tu posais tes mains sur moi et j'avais envie que Dorothée ferme son cahier et rejoigne sa sœur, j'avais envie que Vincent plonge dans la piscine et qu'ils nous épargnent leur présence, qu'ils nous oublient, qu'ils n'aient plus besoin de nous. Tu t'es dirigé vers la salle de bains, je t'ai suivi et nous avons fermé la porte à clé. J'avais devant moi le spectacle étourdissant des abeilles qui s'agglutinaient contre la vitre. J'entendais ton souffle contre mon oreille et plus rien n'existait autour. Les abeilles, ta respiration, les ouvrières, les ventileuses, mon pouls à cent à l'heure, ta main sur ma bouche pour ne pas faire de bruit et nos visages méconnaissables dans le miroir de la salle de bains, le manque d'air, surtout ne pas ouvrir la fenêtre. Nous nous sommes passé de l'eau sur les joues et avons fini par sortir et j'ai eu une peur immédiate. Nous avions laissé Dorothée sans surveillance, peut-être avait-elle voulu aller dans la piscine ? Ma poitrine m'a fait mal pendant quelques secondes. Mais non, Dorothée finissait de colorier un dessin dans son cahier, Vincent et Émilie n'avaient pas bougé. Nous avons fait notre come-back comme si de rien n'était, nous sentant vaguement coupables, nous marchions sur des œufs comme des adolescents. Tu es allé dans la cuisine te servir une bière et nos chemins se sont séparés. Nous étions un peu sonnés, incapables de prononcer un mot. Nous flottions. Je me suis assise à nouveau auprès de Dorothée, et tu t'es installé sur la terrasse face au paysage immobile. La journée a passé sans que rien n'arrive. Tu as fini par rentrer pour prendre tes jumelles et tu t'es posté au point stratégique, là où le lieutenant Drogo attendait. Tu as ouvert une autre bière et tu as dit qu'il manquait un hamac sur la terrasse. Puis tu as disparu dans la forêt derrière la maison. Vincent a rejoint Émilie mais l'histoire du journal intime planait encore entre eux. Je n'ai pas su si le journal avait été rendu, s'il avait été lu. Je n'étais même pas sûre qu'il avait existé.

Nous nous sommes levés tôt et avons tenté une nouvelle approche de l'océan. Cela te tenait à cœur, c'était devenu ton obsession. Nous avons touché le rivage en une demi-heure. Le week-end du 15 août était passé et une bonne partie des touristes avaient quitté les lieux. Nous avons garé la voiture loin du port parce que son accès était interdit. Nous nous sommes approchés de l'océan et avons marché le long de la plage. Malgré le vent qui venait du large et soulevait des tourbillons de sable, tous les regards étaient rivés sur l'horizon, en direction du pétrolier. Beaucoup de monde était là mais personne en maillot de bain, pas de serviettes de plage, pas de surfeurs à l'assaut des vagues. Le périmètre de baignade restait délimité mais le drapeau n'était ni vert ni rouge. Il n'y avait pas de drapeau. Il régnait sur le rivage un goût d'arrière-saison et l'on imaginait les accessoires de plage déjà rangés dans les cabines de bain. Deux maîtres nageurs, en Ray-Ban et tee-shirts blancs, arpentaient les lieux, convaincus de leur inutilité. Des dizaines de personnes avaient les yeux tournés vers le large. De petits groupes se formaient et des hommes à casquette gesticulaient, se signaient en un geste et reprenaient leur conversation agitée. Tu t'es approché de l'un d'entre eux et tu t'es fait mal recevoir, badaud ignorant les lois de l'océan. Il s'est tourné vers les flots et a ouvert sa veste comme s'il exposait sa poitrine au feu des canons. Il a regardé le ciel et son visage s'est changé en grimace. Il était comme tous les habitants de la côte en cet instant. Silhouette vacillante assaillie par le vent d'ouest, il attendait la marée noire. Il ne parvenait pas à y croire. Il refusait d'y croire. Il resterait planté là plusieurs jours s'il le fallait. Il consumerait sur le sable son impuissance et sa rage. Il ne lâcherait plus la ligne d'horizon.

Nous nous sommes retirés doucement. Nous aurions aimé nous indigner nous aussi mais nous nous sentions indésirables, comme si la marée noire leur appartenait déjà. Ils s'appropriaient la marée comme la famille revendique le défunt. Nous n'étions pas comme eux, nous ne pouvions pas comprendre. Nous n'étions que des touristes distraits et encombrants. Nous nous sommes éloignés de leur rivage, tristes et déçus, et avons cherché un petit restaurant pour manger des sandwichs.

Le bistrot était sombre et surpeuplé. Nous avons trouvé une table tout au fond et attendu longtemps avant d'être servis. On fumait beaucoup au bar, les verres de vin se vidaient et se remplissaient à une cadence impressionnante. Le volume sonore était à son comble. Tout le monde parlait en même temps et les voix des hommes vibraient, se superposaient, grondaient comme une vague sans que le sens d'aucune phrase parvienne à nos oreilles. Nous captions parfois quelques mots échappés du déferlement, souvent suivis d'un silence bref. Nous savions de quoi il était question. La marée noire tournait en boucle dans tous les esprits, à tous les comptoirs. Les hommes remâchaient entre eux la marée qui arriverait bientôt, dix jours, huit jours, personne ne savait. Ils vivaient ensemble le temps de l'attente, contraints de demeurer à terre, empêchés. Pas de sortie en mer, pas de pêche, pas de projets. Leur vie s'arrêtait et les jours allaient s'écouler inexorablement vers le point de non-retour. Il n'y avait rien à faire, rien à protéger, rien à sauver. Rien à espérer non plus. Qu'un revirement météo par exemple dirige le fuel dans une autre direction ou qu'une technique de pompage révolutionnaire aspire le pétrole d'une traite. Ils avaient fait le tour de la question, ils en connaissaient l'issue fatale. Ils savaient qu'ils ne pourraient échapper au pire, ils se préparaient à l'affrontement, ressassant d'une seule voix toute la gamme des conséquences qui ne finiraient pas de les assaillir. Ils étaient désespérés mais leur désespoir était teinté d'un sentiment pas ordinaire qui les maintenait en vie : ils vivaient un événement tellement exceptionnel que cela suffisait à les faire tenir debout. Ils existaient plus que jamais, victimes innocentes sacrifiées sur l'autel du profit. Ils attendaient en buvant que la tragédie annoncée s'accomplisse, ils trinquaient à la fatalité, animés par une révolte vaine.

Nous avons laissé la soirée s'enfuir. Nous étions sans courage, sans projet pour le lendemain. Nous avions seulement envie de ne pas penser. Ni au présent ni à l'avenir. Une fatigue immense nous submergeait, nous enveloppait comme la nuit qui tombait de plus en plus tôt. Nous avons fait cuire du riz. Les enfants ont mis la table dehors malgré la pénombre. Nous avons mangé du pain et du fromage et les miettes sont restées sur la table jusqu'au lendemain matin. Nous avons envoyé tout le monde au lit, sans nous laisser décourager par les commentaires cinglants de Vincent. Nous sommes restés longtemps dehors tous les deux, pour profiter de la douceur de la soirée et regarder la lune se refléter dans la piscine. Notre regard divaguait en direction de la côte, à la recherche des lumières qui dessinaient une partie du rivage. Nous repensions à notre journée sans rien dire. Les pêcheurs, le fuel, la folie du naufrage de ce pétrolier perdu. Nous n'avions pas la force de parler. Nous sentions le poids de l'épuisement comme s'il avait attendu cet instant pour nous ligoter. Nous étions allongés sur nos chaises longues, nos visages rivés droit devant et nos bras abandonnés, nos doigts raclant le sol. Des mois et des mois de déception et de lutte, des jours de renoncement, de bagarres âpres et vaines. Des conversations, des lettres, des messages, des stratagèmes pour tenter de sauver nos vies. Chacun de son côté, avant de nous rencontrer, avait voulu mettre au point les fondements de la survie. Tu avais vécu avec ton fils l'impossible apprentissage du deuil. Tu avais essayé de mettre en œuvre les promesses échangées dont j'ignorais tout. Tu t'étais cramponné aux mirages de la vie écoulée, te voyant petit à petit t'engager sur des pentes de plus en plus raides dont on ne revient pas. Tu avais fermé les yeux, tu avais cru en finir mais Vincent t'avait tiré de ton renoncement. Tu n'avais pu te soustraire au monde parce que tu avais un fils et que tu avais promis d'aider ton fils à devenir un homme. Tu avais promis, sans doute, c'est ce que j'imaginais, et tu t'étais retrouvé face à cette promesse impossible à assumer. Vincent perdait pied. Ne sortait plus. Ne voyait plus ses copains. Ne se rendait à l'école que par intermittence. Ne s'habillait plus seul. Ne prenait plus sa douche. Ne dormait plus dans son lit mais n'importe où, par terre, sur le canapé du salon. Vincent n'était plus Vincent. Il était devenu un étranger. Tu as eu peur de Vincent, de son regard. Tu as eu peur de le perdre quand il a perdu le langage. Tu as regardé ton fils et c'est à ce moment que tu as pu pleurer. Pour la première fois depuis des mois, tu as versé les larmes de ton chagrin. Tu regardais Vincent et ton corps tremblait. Tu voyais Vincent sortir du ventre de sa mère, tu coupais le cordon, tu séparais la mère et l'enfant comme on te le demandait à la maternité. Tu regardais Vincent et te revenait la première pensée qui t'avait effleuré à sa naissance. Tu avais éprouvé, l'espace d'une seconde, la douleur immense que cet enfant subirait à la mort de ses parents. Vincent venait de naître et ta joie était au comble de sa violence quand ce sentiment t'avait assailli, aussitôt réprimé, aussitôt anéanti. Tu t'étais reproché cette ombre au tableau. Tu n'en avais fait part à personne, surtout pas à ta femme. Tu me l'avais dit à moi, j'ignore pourquoi, peut-être parce qu'on n'avait l'un et l'autre rien à se prouver. Plus rien à perdre. Tu regardais Vincent qui ne parlait plus, qui marchait par terre comme un animal et tu avais crié. Tu t'étais pris la tête entre les mains et tu avais permis qu'on entende ton cri. Tu avais enfin osé demander de l'aide. Tu avais accepté qu'on te regarde tel que tu étais : un homme rongé par la douleur qui ne parvenait pas à surmonter la mort de sa femme. Pendant des mois, tu avais fait illusion, Vincent aussi. Tu avais continué de te rendre à ton travail, à l'autre bout de la ville. Tu avais poursuivi tes trajets en voiture. Rien n'avait changé en apparence. Toi, tu savais ce qui était différent. Tu ne mettais plus la radio par exemple, ni dans la voiture, ni à la maison. Le bruit t'incommodait, le bruit du monde et des autres, leurs voix, leurs plaisanteries, leurs colères excessives. C'était ton signe distinctif : ne plus allumer la radio, ni la télévision. Tu as cessé de t'informer de la marche de la planète. Tu as quitté la terre pendant des mois, assurant le minimum pour garder ton travail, être en état de faire les courses et les repas du soir. Des voisins s'occupaient de Vincent après l'école jusqu'à ce que tu rentres. Quand tu arrivais au bas de l'allée, il t'arrivait de faire demi-tour et de partir prendre un verre dans un café tant l'idée du face-à-face avec Vincent t'était insupportable. Tu gagnais encore quelques minutes et la soirée avec Vincent commençait, inéluctable. À peine rentré, tu t'affairais dans la cuisine. Tu mettais les deux assiettes sur la table et le temps du repas, l'un en face de l'autre, n'excédait jamais le quart d'heure. Le plus souvent, tu mangeais debout, faisant la navette entre la cuisinière et la table. Tu ne tenais pas en place. Tu ne mangeais rien. Tu avais honte de proposer à Vincent tous les soirs la même chose, ou presque. Tu débarrassais en hâte et lavais la vaisselle dans l'évier. Tu avais besoin de bouger, le dos, les bras, les mains. Tu lavais les deux assiettes et c'était fait en quelques secondes, puis tu essuyais la table, tu étais épuisé. Tu demandais à Vincent s'il avait fait ses devoirs, mais c'était une question qui le mettait en colère. Il te mentait, tu acceptais de te laisser berner. Tu n'avais pas la force de lui faire réciter ses tables de multiplication et de vérifier les terminaisons de l'imparfait et du passé simple. Tu ne savais de quoi lui parler, alors Vincent disparaissait dans sa chambre pour ne pas prolonger ton malaise. Parfois, il t'arrivait de faire des tentatives. Tu décidais de lui parler, de sa mère, de la maladie, dire ce qui ne l'avait pas été. Tu préparais la phrase et, quand tu te lançais, la phrase qui sortait n'était pas celle que tu avais prévu d'articuler et Vincent devenait tout blanc en te regardant, il ne te laissait pas poursuivre, faisait volte-face et, comme pour se dégager d'un piège, fonçait vers la pièce voisine dont il claquait la porte avec violence. Tu t'effondrais alors sur place et t'accroupissais sur les talons, alors que Vincent consumait sa révolte derrière la porte, distribuant coups de pied et coups de tête. Personne n'imaginait cela. Vous deux seuls saviez le drame que vous viviez chaque jour. C'était votre vie désormais. Mais il fallait encore vous coucher, et tu n'osais ordonner à Vincent de se mettre en pyjama et de se brosser les dents, de peur de déclencher une avalanche. Tu attendais cinq minutes, puis encore cinq minutes puis, n'y tenant plus, tu te jetais dans la tourmente et l'accueil qu'il te réservait était variable. Le coucher de Vincent était le but ultime de la journée, le seul vers lequel tu tendais. Tu lui souhaitais bonne nuit en l'embrassant sans le toucher et vos deux corps devenus étrangers ne pouvaient ni s'étreindre ni même s'effleurer. Tu tentais parfois de lui ébouriffer les cheveux et le regrettais dans l'instant. Tu attendais, la peur au ventre, que Vincent s'endorme en écoutant sa respiration par sa porte entrouverte. Le sommeil était long à venir. Et quand tu étais sûr qu'il avait fini par s'endormir, ton estomac se détendait enfin. Au lieu de rejoindre ta chambre et abréger ta journée, tu t'installais au salon avec tes cigarettes et lisais ou relisais le courrier arrivé les jours derniers et qui te parlait d'elle. Les heures passaient et tu ne parvenais pas à rejoindre ton lit. Tu attendais d'avoir fumé la dernière cigarette et, abruti de fatigue, finissais par gagner ta chambre. Tu avalais le médicament que ton médecin t'avait prescrit pour trouver le sommeil et tu te laissais doucement plonger dans l'inconscience, tu disparaissais sans résistance, tu coulais.

J'étais sur ma chaise longue, un livre à la main, que je lisais dans le désordre, une page puis une autre, sans rien en extraire que le rythme créé par l'enchaînement des mots. La petite musique indispensable à ma survie. La façon dont les mots se succèdent, puis résonnent dans ma tête. Lire sans comprendre, j'aimais cela depuis toujours, saisir au vol des combinaisons inédites, des bribes de phrases qui m'habitaient, tournaient en boucle sans s'installer jamais. Rien de définitif, une suite de mots comme une escadrille d'insectes obsédés par leur butin. Éternel recommencement, des mots qui n'en finissaient pas, à longueur de pages. Je m'accrochais à la rengaine des syllabes égrenées en un leitmotiv infini, me laissant bercer par mon propre tempo. Les mots devenaient signes, repères inespérés, cailloux du Petit Poucet. Je m'aventurais dans la forêt, me glissant entre les lignes, et finissais par fermer les yeux. Je n'existais plus pour personne, j'avais disparu dans mon livre, enlevée par la puissance des mots.

Mais les enfants rôdaient, me frôlaient parfois, chuchotaient non loin de moi, riaient. Les enfants finissaient toujours par m'attirer à nouveau vers la réalité. Sans le vouloir vraiment, ils fermaient ma parenthèse, me sommaient de veiller sur eux. Je gardais les yeux fermés et sortais doucement de mon abandon. Je percevais leurs intonations avant de décrypter leurs paroles, je captais leur présence sans savoir qui était là, Dorothée, Vincent ou Émilie. Je savais s'ils tournaient en rond ou s'ils étaient requis par une occupation. J'avais compris cela avant d'ouvrir les yeux, si Vincent était traversé par un malaise ou s'il avait le cœur moins lourd. Si Dorothée, éconduite par Émilie, boudait dans un coin ou si l'une et l'autre n'étaient pas fâchées d'être sœurs. Je revenais au monde et la lumière était sans pitié, m'interdisant un temps de recueillement avant le grand saut. C'était comme un éclair qui menaçait sous mes paupières. Il fallait à nouveau passer à l'action. Organiser, gérer, observer. Intervenir. Il fallait être un parent à nouveau. Décider. Il fallait être responsable. Empêcher. Être debout, vigilant, prêt au combat. Mes jambes étaient encore lourdes de ma somnolence interrompue. Dorothée s'était planté une écharde sous l'ongle. Émilie était allongée en plein soleil sans crème pour la protéger. Vincent avait emmêlé les fils des cannes à pêche. Mais je m'en fichais, je crois. Je finissais par me lever pour boire un verre de thé glacé. Je ne bronchais pas, ni pour réconforter, ni pour conseiller, ni pour réprimander. Je buvais mon thé, pieds nus sur la tomette de la cuisine. Je voulais que les enfants m'oublient, je voulais qu'ils me laissent arriver jusqu'au Frigidaire sans m'adresser la parole. J'espérais ne pas entendre « maman », ni « Linda ». Je n'étais là pour personne. J'avais la tête qui tournait. Ce fut toi qui brisas le silence, mon amour, oui mon amour. Ce fut toi qui, allongé dans la maison, tendis un bras qui me caressa et je me dis que je resterais près de toi. Je restais dans la maison, je continuais avec toi. Je demeurais là, je m'approchais même, pour que tu me prennes dans tes bras. J'avais besoin que tu m'attires contre toi, je consentais au désastre, je crois même que je le provoquais.

Le soir, je me couchais avant toi. Nous restions dehors, immobiles sur nos chaises longues, longtemps après avoir souhaité bonne nuit aux enfants. Je finissais par me lever et tu annonçais que tu me suivais. Je faisais un passage furtif dans la salle de bains et gagnais le clic-clac sans bruit. Puis j'attendais. Je t'attendais. Je guettais le moindre de tes mouvements. J'écoutais. Je savais que tu fumerais une dernière cigarette, que tu ferais un tour au bord de la piscine. J'entendrais tes pas s'éloigner, et quelques minutes plus tard, se rapprocher de la terrasse. J'étais allongée sur le dos, les bras repliés derrière la nuque. Je portais une chemise de nuit légère qui laissait mes jambes découvertes. J'observais les taches de lumière accrochées au plafond, projetées par la lampe extérieure qui filtrait entre les volets. Je me laissais distraire en attendant que tu me rejoignes. Mais le temps passait et tu ne venais pas. Tes pas s'immobilisaient et tu semblais t'être installé à la table sous l'auvent. Sans doute allumais-tu encore une cigarette, la dernière cette fois. Je ne t'en voulais pas de contempler le ciel. Je pouvais admettre que tu avais besoin de rester dehors encore un peu. Je me forçais à me détacher de mon attente, je m'obligeais à penser à autre chose. Mais il était près d'une heure du matin et je demeurais seule sous les draps. Je ne pensais à rien d'autre qu'à ton absence d'empressement auprès de moi. Et mon ventre commençait à me faire mal. Et tu ne bougeais pas, tu ne te levais pas, tu n'ouvrais pas la porte, tu ne cherchais pas les clés pour la refermer derrière toi. Tu ne t'allongeais pas contre moi, tu ne glissais pas tes mains sous ma chemise. Je ne sais ce qui t'empêchait de te diriger vers moi. J'avais l'impression que tu gagnais du temps, espérant que je me serais endormie. J'étais à présent étendue sur le côté, les jambes repliées sous moi, recroquevillée sur la douleur que causait ton indifférence. Je tendais l'oreille mais plus aucun son ne provenait de la terrasse. Tu t'étais probablement installé dans la nuit pour longtemps. Toi dehors, moi dedans, séparés par un mur en pierre. Sans réfléchir, je me relevais puis apparaissais dans l'embrasure de la porte, les cheveux défaits et les yeux fatigués. Je ne parvenais pas à me taire et ma voix t'interrogeait. Tu disais ne pas comprendre, tu ne voyais pas de quoi je voulais parler. N'a-t-on pas le droit de boire une bière un soir d'été en pleines vacances ? Il faisait si chaud. Et puis tu n'avais pas sommeil. Tu ne voyais pas le problème. Comme je prétendais qu'il ne s'agissait pas de cela, tu demandais de quoi il était question, alors. Je retournais dans la maison avec l'envie de pleurer. Je me mettais au bord du matelas, espérant que tu n'aurais pas l'indélicatesse de m'effleurer quand tu viendrais te coucher.

L'apiculteur n'avait pas fini de gravir le chemin que déjà les enfants couraient au-devant de lui. Dorothée voulut lui donner la main. Il souriait derrière sa barbe noire. Il portait un tee-shirt pas repassé. Il fit une halte sur la terrasse mais je n'osai lui proposer du thé, de peur que tu ne réagisses mal. Tu étais à l'intérieur, tu préparais le repas du soir en buvant des verres de vin blanc. L'apiculteur voulut évaluer l'essaim encore une fois. Je lui proposai d'entrer. Et là, je ne sais pas ce qui s'est passé, je ne peux pas dire comment c'est arrivé. Tu étais dans la cuisine mal éclairée, l'apiculteur se dirigeait vers toi, et tu n'as pas supporté, tu lui as demandé de sortir, tu l'as repoussé comme s'il avait été le diable. Je me suis permis d'intervenir, faisant remarquer que l'apiculteur nous rendait service, et c'est alors que tu es devenu fou, tu t'es mis à crier et ton visage s'est enflammé. Tu respirais fort, tu n'étais plus le même, tu avais un visage que je ne connaissais pas. Tu semblais perdu, totalement à côté de la plaque, et tu t'en prenais à l'apiculteur, tu t'approchais de lui, menaçant, avec des éclairs dans les yeux et des mots incompréhensibles. J'ai eu peur de la violence qui t'habitait soudain. Tu voulais seulement repousser l'apiculteur hors de la maison, lui interdire de se mêler de notre vie. Tu exigeais qu'il quitte les lieux, c'était simple, criais-tu, tu voulais qu'il débarrasse le plancher. Et qu'il ne remette plus jamais les pieds ici. Les enfants avaient reculé d'un pas, effrayés et stupéfaits de te voir dans cet état. Dorothée s'était approchée de l'apiculteur pour le défendre. Elle l'avait à nouveau attrapé par la main. Et tu n'as pas supporté, tu as vécu son geste comme une trahison. Tu l'as bousculée puis tu l'as giflée. Et là tout s'est figé. Tu étais allé trop loin. Tu l'as compris dans la seconde parce que ta voix s'est tue, ton regard a changé. Tu nous as tourné le dos et tu t'es assis sur une chaise de la cuisine pour signifier que tu abandonnais. Tes épaules se sont voûtées. Le repas commençait à brûler dans la poêle. Je savais que ton prochain geste serait de te verser un verre de blanc. L'apiculteur n'a pas dit un mot. Il est reparti sur le chemin. Dorothée pleurait sur la terrasse. Vincent et Émilie ont disparu derrière la maison.

Le lendemain, tu as pris la voiture et tu es parti au petit matin. Tu as écrit sur un mot que tu étais au village. Nous avons passé la journée à attendre ton retour. Sans oser nous parler, les enfants et moi. Nous avons fait comme si ton absence était normale. Chacun d'entre nous guettait le bruit de la voiture. Tu étais notre unique préoccupation. Mais nous prenions un air détaché. Dorothée a sorti sa poupée de sa valise pour la première fois depuis le début des vacances. Elle l'a coiffée sans se lasser. Tout y est passé : les couettes, la queue-de-cheval, le chignon... Elle l'a habillée de toutes les façons possibles, puis a fini par lui parler. Elle s'est éloignée avec sa poupée et s'est installée sous le parasol au bord de la piscine. Ce qu'elle avait à lui dire ne me regardait pas. Il lui fallait un tête-à-tête, une confrontation. Vincent et Émilie ont sorti le jeu de dames. Ils ont ouvert la mallette des jeux de société, eux qui rechignaient chaque fois que nous le leur proposions. Ils se sont assis sur la terrasse très calmement. Ils n'ont plus quitté leur place pour être aux premières loges au moment de ton arrivée. Et moi j'ai plongé dans mon roman, que j'ai repris avec autant d'inattention. Une page relue trois fois et mon cerveau qui remâchait la scène d'hier. Encore quelques lignes et c'est l'apiculteur qui était là sous mes yeux, je lisais encore et c'était la bouteille de vin blanc qui occupait mon esprit. J'ai fini par convoquer tout le monde pour une balade en forêt. Je commençais à craindre ton retour et préférais m'éloigner. Je tenais à rentrer après toi. Pour te montrer que je ne t'attendais pas. Pour me prouver à moi-même que j'étais capable de passer une journée sans toi. Mais surtout pour me venger de la gifle. Nous avions pris un panier pour une éventuelle cueillette. Nous n'avons rien trouvé. Quelques pommes de pin, mais le cœur n'y était pas. Nous n'avions pas le courage de nous éloigner du chemin pour trouver des champignons. J'étais pourtant convaincue qu'il y avait des cèpes dans le coin. J'aurais aimé en rapporter un plein panier. Tu aurais eu la surprise en rentrant. Nous aurions fait une poêlée et nous aurions eu un sujet de conversation. J'aurais aimé que la soirée se déroule comme cela. Les champignons. Comment on les prépare ? Omelette ou pas ? Qui aime les champignons ? Qui a peur de mourir empoisonné ? Nous aurions ri à l'idée de mourir. Vincent aurait mimé le mal de ventre avant de s'effondrer sur le sol. Les filles auraient éclaté de rire. J'aurais aimé qu'il y ait des soirées comme cela, où nous serions uniquement préoccupés par la préparation des champignons. Ne pas les laver, surtout pas. Les cèpes il faut les brosser. J'aurais aimé que notre vie soit légère. Mais nous traînions les pieds dans la forêt. Les filles s'écorchaient les mollets dans les ronces. Elles se plaignaient. Dorothée ne lâchait pas sa poupée. Dans l'autre main, elle tenait son lapin. Elle ne pouvait pas donner la main. Elle suivait tant bien que mal et restait en retrait dix mètres derrière. Nous marchions depuis longtemps dans la forêt quand je me rendis compte que le vent à la cime des arbres nous renvoyait un étrange murmure. La lumière déclinait. Nous avancions de plus en plus difficilement et tentions de rejoindre un chemin que j'avais cru repérer au sud. Ou ce que je croyais être le sud. Les points cardinaux s'étaient effacés en même temps que l'heure avait tourné. Les enfants continuaient de se plaindre mais je ne répondais pas. Les ronces, les insectes, la fatigue, la soif et bientôt la faim. Nous avancions à présent dans une autre direction, toujours tout droit comme j'avais entendu dire qu'il fallait faire. Je n'étais pas inquiète. J'aimais beaucoup l'idée de rentrer après toi. Tu te serais fait du souci, tu aurais même eu peur pour nous. Tu aurais fini par mesurer à quel point nous t'étions indispensables. Je marchais droit devant mais quelque chose n'allait pas. Il y avait une tension dans cette forêt. Une atmosphère trop lourde. Les insectes tournoyaient comme avant l'orage. J'avais le sentiment que nous étions suivis. J'entendais des craquements de part et d'autre de notre trajectoire. Je crus apercevoir une silhouette qui disparaissait derrière un arbre. La peur me saisit. Je pensais à la maison vide que nous avions laissée. Si quelqu'un était venu en notre absence et avait tenté de nous retrouver. Je tentais d'accélérer le pas. Dorothée ne suivait pas. Je demandai à Vincent de la porter. Et Vincent comprit que j'étais sur le point de craquer. Il installa Dorothée sur son dos et avança en silence près de moi.

Nous sommes rentrés alors que la nuit tombait. La voiture était garée dans le chemin. Tu étais là. Tu avais rapporté des cadeaux pour chacun. Tu avais fait les courses pour le soir. Tu avais acheté des cigarettes. Tu avais pris un coup de soleil sur le nez. Et j'étais soulagée que tu sois près de nous. J'étais en colère contre toi, mais soulagée. Quand tu étais parti le matin, j'avais éprouvé une sensation oubliée. J'avais connu à nouveau le vertige qui m'avait anéantie quand mon mari m'avait quittée. Le même sentiment de panique. Je m'étais revue debout dans le couloir alors qu'il ouvrait la porte pour la dernière fois. Je le toisais. Je lui tenais tête. J'étais prête à lui interdire de franchir la porte. Je me souviens très bien de ma détermination. Submergée par la colère, j'avais eu la force de m'interposer, entre la porte et lui, entre son sac et lui. Mais entre elle et lui, il n'y avait rien à faire. On ne pouvait toucher à cette zone-là. Quand tu avais quitté la maison ce matin, cette bouffée de rage était montée en moi. J'étais restée couchée, faisant semblant de dormir. Peut-être savais-je que la résistance ne servait à rien. J'étais restée sous les draps avec le ventre déchiré. Et l'abîme était là une nouvelle fois et mon attirance pour le vide. J'étais restée debout devant la porte quand mon mari avait fini par décider qu'il nous quittait, les filles et moi. J'avais voulu qu'il fasse le geste de m'écarter pour franchir le passage. J'avais préféré qu'il me repousse, qu'il emploie la force. Je voulais qu'on se batte, avec nos mains et nos poings et que ce soit le gagnant qui décide, même si c'était joué d'avance. Je ne voulais pas qu'il parte en prononçant des mots coupables sur un ton désolé. Je ne voulais pas pleurer sur mon lit et entendre, depuis ma chambre, la porte d'entrée qui se referme. Surtout pas cela. Entendre depuis le fond du couloir la porte qui claque pour la dernière fois. Je voulais être là, aux premières loges. Je voulais me défendre, parce que c'était la guerre, et quand la guerre est déclarée, il faut s'armer et se défendre. Puis la porte s'était refermée et c'est là que ça commence vraiment. C'est à cet instant que la douleur creuse l'estomac. Quand l'autre descend les escaliers sans vous. Il est dans le mouvement, il s'en va retrouver quelqu'un. Et vous, vous êtes là, derrière la porte. Vous ne bougez pas. Vous êtes immobile. Sans projet et sans avenir. Vous vous effondrez sur le sol. Vous êtes clouée sur place. Vous êtes assise par terre et vous entendez les pas qui s'éloignent, puis la voiture qui démarre sous la fenêtre. À cet instant, vous n'êtes plus rien. Le temps s'arrête. Vous vous détestez de n'avoir pu empêcher cela. Vous devez aller chercher les filles à l'école. Comment allez-vous faire pour arriver jusqu'à l'école ?

Tu avais écrit un mot que tu avais posé sur la table et tu avais refermé la porte derrière toi et la sensation était la même. Et je refusais de vivre cet abandon une nouvelle fois. Mais tu reviendrais, je savais que tu reviendrais.

Tu n'avais personne auprès de qui te réfugier, donc tu reviendrais. Tu ne pouvais la rejoindre, elle. J'espérais que tu ne pourrais pas.

Le matin comme le soir, tu regardais l'océan avec tes jumelles, prétendant apercevoir très nettement le pétrolier. Je ne voulais pas te contrarier mais je ne voyais rien dans les jumelles. Quand j'essayais de me concentrer, j'avais mal à la tête. Les enfants ne voyaient rien non plus et t'accusaient de mentir. Tu n'aimais pas leurs accusations. Tu t'énervais et mettais tout le monde dans la voiture. Une nouvelle fois, tu nous emmenais sur la plage menacée par la marée noire. Tu semblais bien connaître le chemin. Je n'étais plus obligée de regarder la carte. Tu roulais trop vite sur les petites routes désertes. Il nous arrivait de croiser une camionnette. Jamais un touriste. Le paysage que j'apercevais par la fenêtre me paraissait ennuyeux. Le paysage m'était égal, comme tout ce qui m'entourait désormais. Et c'est là que je mesurais à quel point j'avais changé. Je ne parvenais plus à me laisser habiter par le monde qui semblait tourner sans moi. Depuis le jour où mon mari avait refermé la porte, je m'étais recroquevillée sur mon histoire. J'avais réduit mon champ de vision, tout entière occupée à trouver encore de l'air pour respirer. La voiture filait entre les vignes écrasées de soleil et mon regard ne s'accrochait nulle part. Tout glissait sur moi et je ne parvenais pas à lutter contre ce sentiment d'inconsistance et d'étrangeté au monde. Je vivais en décalage. La route tournait et les enfants jouaient à l'arrière. Vincent était calé entre les filles et elles en profitaient pour se serrer contre lui. Vincent posait des questions sur le pétrolier, auxquelles tu répondais évasivement. Vincent avait faim. Vincent avait une opinion sur tout. Vincent était vivant. Et toi tu ne semblais pas touché par la vitalité de Vincent, sa curiosité pour la marée noire, son enthousiasme. Tu fonçais droit devant, tout entier happé par ton but. Les sourcils froncés, tu semblais concentré. Tu pensais à quoi ? L'accès à la petite ville côtière était à nouveau autorisé. Tu as garé la voiture sur un parking payant et tu as râlé. Tu nous as demandé si un pique-nique sur la plage nous ferait plaisir. Dorothée a dit qu'il fallait acheter des chips. Nous avons marché le long du quai à la recherche d'une supérette. Émilie a demandé si on pouvait se mettre en maillot de bain. La plage était déserte. Seuls quelques curieux arpentaient le rivage en prenant soin de ne pas se mouiller les pieds comme si la marée montante contenait un poison indélébile. L'océan était clair, d'une belle couleur verte, et les vagues venaient se fracasser à nos pieds avec une fougue revitalisante. Rien ne laissait supposer qu'un pétrolier venait de lâcher soixante-dix mille tonnes de fuel au large et que dans quelques jours le rivage serait pris de suffocation. Tu nous entraînas jusqu'à la digue pour mieux profiter des couleurs de l'océan.

Tu respirais plus profondément et j'avais l'impression que la proximité de la mer te ramenait à la vie. Notre petit groupe s'animait au fur et à mesure que tu retrouvais la parole et que tu t'agitais. Tu me pris par les épaules puis te mis à crier que tu adorais cet endroit. Les vagues se brisaient contre la digue avec toujours plus d'intensité et il nous fallait parler plus fort pour nous entendre. Le vent nous avait saisis d'un coup et s'infiltrait violemment sous nos vêtements. La puissance de l'océan était là, qui balayait notre humeur morose et nous aidait à sortir de notre endormissement. Tu as voulu que nous avancions jusqu'au bout de la digue, mais j'avais peur que nous n'en sortions trempés. J'avais peur qu'un brisant ne nous emporte et ne nous jette à la mer. Tu t'es mis à rire et j'ai vu passer dans tes yeux une lueur inhabituelle. Tu voulais marcher jusqu'au bout et j'ai compris que rien ne t'en empêcherait. Nous sommes revenus vers le quai et avons mangé nos sandwichs en plein soleil. Le sable tourbillonnait et grinçait parfois sous nos dents. Les filles se sont mises en maillot et ont commencé de sauter dans les vagues. Je ne quittais pas Dorothée des yeux. L'océan était dangereux. Puis Vincent les a rejointes et, tous trois, ils semblaient défier la marée noire. Tu t'es approché de moi. Tu t'es allongé contre moi. Tu as pris ma main et l'a glissée sous ta chemise. Tu étais revenu vers moi, enfin.

Nous avons quitté la plage et gagné la colline au-dessus du village. Nous avons grimpé dans la terre ocre et rejoint un chemin escarpé. Nous l'avons suivi jusqu'à ce que le vent nous empêche de progresser davantage. Nous sommes arrivés sur les ruines d'un ancien moulin. Tu semblais familier des lieux. De là, nous pouvions scruter la mer mais la brume nous empêchait d'atteindre l'horizon. Tu prétendais distinguer le pétrolier, encore une fois. Nous nous moquions de toi. Quand nous parlions du pétrolier, nous disions désormais « ton pétrolier » et cela t'énervait. Les filles en avaient assez de traquer l'embarcation imaginaire. Elles réclamaient une autre activité. Seul Vincent entrait dans ton jeu. Et vous vous lanciez dans une conversation insensée, tels don Quichotte et Sancho Pança en mal d'aventures. Nous ne savions plus où était la réalité. Vous échafaudiez des hypothèses, des scénarios improbables et l'idée de la marée noire vous devenait indispensable. Ne pouviez-vous vous dispenser des tragédies ? Nous sommes redescendus au village en essayant de ne pas glisser sur le sentier. Nous nous tordions les pieds dans nos espadrilles. Tu as voulu boire un café dans l'un des bistrots du port. Tu t'es installé une nouvelle fois avec les hommes arrimés au bar et tu t'es mêlé à leur conversation. Tu avais l'air d'être chez toi et la menace de la marée semblait peser sur tes épaules autant que sur les leurs. Quand les caméras sont entrées pour filmer, tu ne t'es pas mis à l'écart. Tu as écouté les questions des journalistes comme si elles t'étaient adressées. Tu as hoché la tête quand les hommes ont tenté d'y répondre et j'ai senti que tu étais ici comme sur ton territoire, attaché à ces hommes par je ne savais quelle connivence. Tu leur as serré la main quand nous sommes partis.

Dans la voiture, chacun avait des choses à dire. Nous nous étions laissé griser par la démesure de cette journée. Le sentiment d'assister à un événement important, relayé par toutes les radios et les télévisions d'Europe, nous emplissait d'une curieuse responsabilité et donnait à nos vacances une autre dimension. Chacun donnait son avis. Puis Vincent a prononcé une phrase qui m'a glacée : « Au fait papa, la dame du café, ce n'était plus la même qu'avant. »

Je ne pensais plus qu'à cette phrase. J'entrais et sortais de la maison sans pouvoir me concentrer sur aucun geste. Je ne discernais plus l'ombre de la lumière. J'avais mal aux yeux. Je portais mes lunettes de soleil en permanence. Je m'asseyais sous l'auvent sans rien faire. Sans une revue à feuilleter, des légumes à éplucher. Je demeurais sur ma chaise sans savoir dans quelle direction regarder. Sans doute devais-je prendre une décision. Rester ou partir ? Mais je ne décidais rien. C'était plus facile de ne pas décider. Vincent et Dorothée enfilaient leurs maillots de bain. Émilie se faisait prier, comme toujours. Vincent et Dorothée trottinaient sur la dalle brûlante. Vincent plongeait dans la piscine. Dorothée approchait du bord, trempait le pied. Elle descendait l'échelle et s'accrochait aux épaules de Vincent. Il avait décidé de lui apprendre à nager. Puisque les adultes semblaient avoir renoncé, il prendrait les choses en main. Il deviendrait le maître nageur de Dorothée. Il deviendrait son maître. Dorothée avait confiance en Vincent. Elle écoutait ses conseils, renonçait à ses bouées, tentait quelques brasses là où elle avait tout juste pied. Vincent l'encourageait, la corrigeait. Vincent espérait. Il avait tout à prouver. Il avait tout à donner. Mais Vincent n'était pas patient et Dorothée peu courageuse. Les deux enfants se concentraient un temps puis, après quelques efforts, étaient contraints d'abandonner. Dorothée remettait la leçon au lendemain. Vincent était déçu. Il accusait Dorothée d'être une mauvaise élève. Vincent n'aimait pas qu'on lui résiste. Dorothée n'aimait pas qu'on la force. Ces deux-là se cherchaient, s'attiraient, se mettaient à l'épreuve. Ces deux-là construisaient une histoire. Vincent, énervé, mettait Dorothée en danger. Dorothée prenait peur, voulait sortir de l'eau. Vincent l'en empêchait. On ne pouvait laisser les enfants livrés à eux-mêmes. Lasse de les observer, je me levai pour mettre fin à leur drôle de jeu. Et comme j'étais enfin debout, j'en profitai pour inventer la suite de la journée.

Les cigales chantaient. La chaleur annonçait l'orage. Ce que je ressentais était indéfinissable. Je savais que tu m'embarquais dans ton histoire. J'acceptais de me laisser conduire. Un vol de hannetons qui semblait sorti du figuier venait virevolter au-dessus de ma tête avant de disparaître derrière la maison. J'étais comme ces hannetons, je me laissais aller là où le vent me poussait. Je te suivais, je faisais corps avec toi. Tu pouvais m'emmener où tu voulais. Je n'avais plus d'ancrage et ma mémoire me faisait mal. Tu pouvais disposer de moi comme tu venais de le faire, poussant la limite toujours plus loin. Si je ne t'arrêtais pas, jusqu'où irais-tu ? Finirais-tu par me demander de me substituer à elle ? J'avais entendu dire par ta mère que je lui ressemblais. Elle m'avait aussitôt rassurée, comme si ta mère pouvait me rassurer. Elle m'avait précisé qu'il s'agissait d'une ressemblance légère. Disons que j'étais le même type de femme qu'elle. Assez grande, blonde avec quelque chose dans le bas du visage. Admettons que son sourire était le même. La voix, je ne sais pas. Seul Vincent pourrait me dire. J'ai vu des photos chez toi. Bien sûr, j'ai fait ce qu'il fallait pour trouver des photos et les soirs où je passais la nuit dans ton appartement, pendant que tu dormais, tu imagines que je faisais quoi dans le salon ? Je cherchais à savoir qui elle était et surtout si j'avais une chance d'être à la hauteur. Et ce que je trouvais me terrifiait. Je tournais les pages des albums photos trouvés dans les armoires et j'en étais malade de la voir avec Vincent dans les bras, et toi la serrant contre toi, plus jeune, plus beau, un autre homme. J'en étais malade d'être exclue d'une histoire qui ne me regardait pas. Celle d'un homme et d'une femme inconnus dont je n'avais aucune raison de croiser l'existence. Qui m'avait autorisée à regarder ces photos et à entrer dans votre vie ? J'étais l'étrangère. Celle qui arrive après. Après l'amour. Après la passion. Après la naissance de votre enfant. Après le bonheur. Celle qui arrive après la mort. Je savais ce qui s'était passé, comment elle était tombée malade. Tu m'avais raconté cela. Mais dans tes phrases, il y avait des zones de silence, des ellipses maladroites, des impasses. Je savais qu'elle attendait un deuxième enfant. La maladie s'était déclenchée au sixième mois de la grossesse, puis avait avancé de façon fulgurante, mais les traitements n'avaient pu être appliqués à cause du fœtus. Il avait fallu attendre, le terme, puis l'accouchement. Mais déjà ses forces l'avaient quittée. Une césarienne avait été pratiquée, pour ne pas l'épuiser. Il était déjà trop tard. La petite fille était morte quelques heures après la naissance. Et la maladie avait fini d'anéantir la mère. Tes derniers jours auprès d'elle se sont passés à l'hôpital. Chaque matin, tu prenais la voiture et traversais la ville pour la rejoindre. Tu espérais à ses côtés. Pendant un temps, tu avais pris un congé. Chaque fin d'après-midi, tu allais attendre Vincent à la sortie de l'école, puis ensemble, vous retourniez la voir. Tu avais obtenu qu'elle soit seule dans sa chambre. Vous frappiez doucement avant de pousser la porte et vous avanciez sur la pointe des pieds, de peur de la réveiller. Vincent ôtait le cartable qu'il portait dans son dos et se couchait sur le lit contre elle. Elle le prenait dans ses bras et faisait semblant d'aller bien. Elle souriait pour Vincent et pour toi. Elle avait ce sourire que j'ai retrouvé sur les photos. Le sourire d'une femme comblée par les hommes qu'elle aimait. À l'hôpital, elle portait une chemise de nuit et s'en excusait auprès de Vincent. Elle parlait du bébé et mettait les mains de Vincent sur son ventre. Il le sentait bouger, un peu effrayé par les mouvements de la petite sœur invisible. Vincent n'avait pas bien compris si sa mère était alitée à cause du bébé ou de la maladie. On ne lui avait pas expliqué vraiment. Mais il n'y avait rien à dire de plus. Les médecins étaient ignorants. Quand tu les interrogeais, ils avaient l'air embarrassé mais finissaient toujours par te rassurer. Vous rentriez le soir, Vincent et toi, à regret. Vous vous sentiez coupables de l'abandonner sur son lit dans la petite pièce peinte en jaune. Dès la porte passée, elle vous manquait déjà. Vous alliez ensuite faire quelques courses pour votre repas du soir, puis c'était l'heure des devoirs. Vous vous installiez tous deux sur la table de la cuisine et vous ne saviez ce qui vous poussait à continuer. Vous imaginiez le moment où vous seriez à nouveau réunis à la maison. Tous les trois, puis bientôt quatre. Vous attendiez ce moment. Seul son retour vous importait. Elle était rentrée quelques jours et c'était une grande joie. Tu avais nettoyé la maison. Tu avais acheté des fleurs. Tu l'aimais tant. Une ambulance l'avait déposée un matin de pluie. Deux infirmiers l'avaient installée dans sa chambre, dans votre chambre. Tu m'avais parlé de cette journée. Tu m'avais dit que tu avais pleuré quand tu l'avais vue étendue sur votre lit. Parce que tu avais compris, ce jour-là, tu avais eu la certitude qu'elle ne vivrait pas. Tu avais vu ses bras qui s'accrochaient au montant du lit, et ces bras n'étaient plus les mêmes, ici dans votre chambre, tu avais vu l'évidence du changement. Tu voyais ces bras si frêles et translucides. Et sa gorge si fragile. Tu avais compris qu'elle n'était plus la même, qu'elle avait déjà fait un pas de l'autre côté. Et tu t'en voulais de penser cela. Tu l'obligeais à se lever le soir pour manger à la table commune. Tu l'obligeais à demeurer assise quelques minutes sur une chaise. Mais ces repas étaient un calvaire, pour toi comme pour elle. Vincent lui parlait, lui racontait ses journées et ses exploits. Elle parvenait à sourire. Vincent demandait à s'asseoir sur ses genoux mais elle n'avait pas la force de le prendre contre elle. Vincent faisait doucement l'apprentissage de l'abandon. Du bébé disparu vous ne parliez jamais. Tu la raccompagnais dans votre chambre et tu la prenais dans tes bras. Tu avais envie de lui faire l'amour mais son corps lui faisait mal. Tu caressais sa peau transparente. Tu déposais des baisers sur ses seins, tu caressais doucement ses cuisses. Tu finissais par la déshabiller mais elle avait froid. Tu t'allongeais près d'elle sous les draps et tes mains s'attardaient contre son ventre, tes mains cherchaient plus bas. Elle disait « non », puis elle disait « oui », puis elle ne savait plus si elle avait la force de résister. Elle se laissait faire, comme évanouie sur votre lit. Tu disposais alors de son corps comme de celui d'une jeune vierge. Tu n'attendais rien d'elle. Elle demeurait inerte mais docile, frissonnait sous tes caresses. Tu regardais son corps qui avait changé. Le nombril qui faisait une petite bosse, et les seins fatigués. Tu promenais tes mains sur ses hanches, tu te mettais à genoux entre ses jambes et tu oubliais que les os du fémur saillaient sous la peau. Tu oubliais que la maladie était en train de la ronger et en même temps, ton cœur battait à cause de ce mal invisible qui bientôt te prendrait ta femme. Tu voulais la garder pour toi et tu lui faisais l'amour avec le désespoir de celui qui s'abîme en elle pour la dernière fois.

Les abeilles s'activaient derrière la vitre et l'idée de les chasser nous avait quittés. L'apiculteur ne reviendrait pas et nous allions partir bientôt. Nous avions fini par oublier qu'elles constituaient une menace et naviguions dans la maison comme si de rien n'était. Nous les considérions comme des poissons derrière le verre de leur aquarium et approchions nos visages si près que le bourdonnement de l'essaim nous parvenait avec un effet acoustique exceptionnel. La seule chose à ne pas faire était de passer trop près du volet derrière la maison. Des sentinelles programmées pour la défense de la ruche veillaient en permanence. C'est l'apiculteur qui nous avait mis en garde. S'il arrivait aux sentinelles d'attaquer, une grande partie des abeilles viendraient aussitôt en renfort se jeter sur leur proie. Nous existions dans la plus grande discrétion, pour ne pas attirer leur attention. Seuls les enfants tournaient en courant autour de la maison,

Vincent en tête, suivi par Émilie puis Dorothée qui criait : « Attendez-moi ! » C'est sans doute la phrase que Dorothée employait le plus souvent : « Attendez-moi ! » Le jeu consistait à passer le plus près possible du volet. Je tournais la tête vers toi. Tu semblais absorbé dans la lecture de ton journal. Tu oubliais les abeilles et les enfants. Tu tirais sur ta cigarette, parfaitement concentré sur ce geste consolateur. Lisais-tu vraiment ou faisais-tu semblant ? Puis tu finissais par abandonner ta place au soleil. Tu disparaissais dans l'ombre de la maison. Je savais que tu te remplissais un verre. Je regardais Vincent qui courait avec les filles à en perdre le souffle. J'avais envie d'attraper Vincent, de stopper sa course pour qu'il accepte d'entendre ce que j'avais à lui dire. Je ne pouvais remplacer sa mère, aurais-je voulu dire, mais je voulais bien, je voulais bien être celle qui. Je cherchais les mots sans être capable de construire une phrase. Je voulais bien veiller sur lui. On peut dire les choses comme cela. Je serais celle qui veillerait sur lui.

Le facteur était arrivé au bout du chemin. Il avait une lettre pour les filles. Une lettre pour deux. Ce fut Dorothée qui la décacheta et Émilie qui en fit la lecture. Mais à voix basse, enfermées dans la chambre. La cérémonie dura longtemps. Puis les filles étaient sorties sur la terrasse comme si de rien n'était. Pas d'allusion à la lettre, pas de commentaire. Seuls leurs gestes étaient plus lents et leurs regards plantés vers l'horizon. Elles ne savaient comment enchaîner leur journée. Il y avait toujours un vide après une lettre ou un coup de fil de leur père. Un espace à combler, une marche à grimper. Il fallait reprendre sa respiration, et digérer lentement le petit séisme provoqué par l'irruption de celui qui voulait seulement donner des nouvelles et ne pas briser le lien. Il fallait trouver la bonne distance, inventer un paysage où pourraient vivre ensemble les présents et les absents sans que les uns évincent les autres. Il fallait apprendre à évoluer dans un champ de mines, sans que le passé nous menace de ses déflagrations. Les filles faisaient cet apprentissage sans savoir ce qui leur arrivait. Elles ne comprenaient pas que leur père était à l'origine de leur mélancolie. Elles tournaient autour de moi, coupées du reste du monde, coupées de Vincent qu'elles oubliaient dans un coin. Elles interrompaient le jeu tout juste commencé. Elles n'avaient plus envie de rien. Elles pesaient de tout leur poids de petites filles délaissées. Et c'était à moi de trouver la force d'agir, encore une fois, pour alléger l'absence de leur père. Mais ce pouvoir, je ne l'avais pas. Tu ne me facilitais pas la tâche. Quand le père des filles nous rappelait son existence, tu n'étais plus le même. Tu t'agitais dans mon espace vital. Tu t'interposais entre lui et moi. Et les filles, qui ne comprenaient pas ton malaise, t'ignoraient d'un coup, passaient devant toi sans te voir. On entendait soudain parler de « papa ». Et plus ta présence devenait insistante, plus elles la contournaient. Les filles nous échappaient soudain. Elles glissaient vers un autre monde et s'inventaient un univers idéal dont le père était le centre.

Le vent se levait à la mi-journée et soulevait la poussière du chemin. La chaleur nous empêchait de bouger. Tu regardais la colline d'en face dans tes jumelles et tu ne te lassais pas d'observer les éoliennes qui fonctionnaient à plein régime. Nous étions trop éloignés pour entendre le souffle du vent dans les pales mais nous en ressentions la puissance rassurante. Allongée sur ma chaise longue, je refermais souvent mon livre pour me laisser distraire par le mouvement obsédant des éoliennes. J'aimais leur alignement étrange sur le faîte de la colline. J'aimais leur présence lointaine. Tu restais de longues minutes debout face au sud à évaluer, à l'aide de tes jumelles, la moindre modification dans le paysage. Tu demeurais parfaitement immobile et nous n'osions pas t'adresser la parole, de peur de mettre en péril l'univers dans lequel tu semblais flotter. Vincent profitait de ces moments de totale inertie pour proposer d'aller pêcher dans la rivière, au pied des vignes. Il vérifiait ses hameçons, un par un, évaluait les calibres et les formes et finissait par en planter un dans son tee-shirt. Il prenait ensuite un air coupable et tentait de retirer l'hameçon qui laissait un petit accroc dans le tissu. Il se désolait de la mauvaise qualité de ses appâts. Il se mettait à gratter la terre au pied des premiers arbres de la forêt pour renouveler son contingent de vers. Il restait ainsi accroupi à ausculter chaque parcelle de terre. Le temps passait et Vincent demeurait à l'orée du bois, concentré sur sa tâche. Il retournait les souches mortes, arrachait la mousse desséchée, mais les insectes qu'il délogeait ne lui convenaient jamais. Il rêvait de capturer de magnifiques vers de terre, qu'il traquait en vain. Il rêvait d'une partie de pêche idéale. Mais la réalité n'était jamais à la hauteur de son attente. Et plus il était déçu, plus il s'enfonçait dans la forêt à la recherche de son improbable butin. Bientôt l'idée d'aller à la pêche n'existait plus. Il revenait à la maison et disposait dans un récipient les quelques victimes qu'il avait trouvées. Il leur aménageait un coin de paradis au fond du Tupperware et ajoutait un peu de terre, quelques feuilles de châtaignier, le tout arrosé d'eau du robinet. Il titillait ses proies à l'aide d'une brindille puis les soumettait à l'ultime calvaire. Il attrapait une à une mouches et araignées et les accrochait au bout de ses hameçons. Une fois tous les abdomens perforés, il abandonnait les petits cadavres derrière la maison. Ensuite il se souvenait de Dorothée et Émilie. Comme il ne pouvait les enfermer dans un bocal, il cherchait d'autres moyens pour les mettre à l'épreuve, les avoir à sa botte. Tu surveillais Vincent du coin de l'œil. Tu ne voulais pas voir ce que je voyais. Tu laissais Vincent se débattre dans son monde éclaté. Face au vide, face au désordre. Tu aurais pu l'accompagner à la pêche, tu aurais pu l'aider à accomplir son projet. Mais quelque chose t'en empêchait. Tu redoutais le face-à-face. Tu préférais plonger dans la piscine et garder la tête sous l'eau.

Les sons me parvenaient depuis la terrasse. Les voix de Dorothée et d'Émilie mêlées. Celle de Vincent par intermittence. Des rires aussi, des cris, des murmures, des silences. Je m'endormais sur ma chaise longue. Tu étais allongé près de moi. Tu caressais mes cheveux. Tu avais tes lunettes de soleil et je devinais que tu fermais les yeux. Tu caressais mes épaules et je croyais à nouveau en toi. Je demeurais immobile dans le soleil. Nous avions passé une mauvaise nuit. Tu t'étais levé plusieurs fois. Vincent était descendu de sa mezzanine pour boire. Dorothée s'était réveillée à l'aube. Je m'interdisais de dormir en plein après-midi. J'avais peur que Dorothée ne tombe dans la piscine. Je luttais contre le sommeil. La voix des enfants faisait comme un écho au bruit du vent dans les arbres. Rien n'arrivait. Nous ne faisions rien. Nous respirions, c'est tout. Tu me disais : « Endors-toi. Je m'occupe des enfants. » Je répondais que je ne voulais pas. Tu insistais : « Va dans le lit des filles, tu seras au calme. » Je résistais. Le sommeil m'emportait parfois l'espace d'une seconde puis je revenais à moi en sursautant. Ma tête était si lourde. Je pensais à nos vacances, à ce que j'avais imaginé. Je recensais tout ce que nous n'aurions pas fait. Je me repassais le film des vacances telles que je les avais dessinées. Je me revoyais, étudiant la carte les soirs avant le départ, répertoriant tous les possibles. Et l'énergie m'avait gagnée, l'enthousiasme s'était emparé de moi. Nous allions inventer une vie nouvelle, gravir toutes les montagnes, épuiser tous les sentiers. Et je demeurais allongée dans le soleil sans trouver la force de m'extraire de ma chaise longue. J'évaluais la pile de livres que j'avais emportés avec moi et que je n'avais pas lus. Tous ces livres dans mon sac qui pesaient un poids considérable. Et les courriers que je m'étais promis d'écrire, et toutes les boucles que je voulais boucler. Et Dorothée à qui je devais apprendre à nager. Je laissais le temps filer, l'été se consumer. J'avais perdu la maîtrise des jours qui s'écoulaient sans moi. J'attendais à tes côtés que tu indiques la tendance. Je m'en remettais à toi et je ne savais plus qui j'étais.

C'était toi le plus souvent qui descendais faire les courses au village. Tu prenais la voiture, tu démarrais en accélérant fort et la poussière mettait longtemps à se dissiper sur le chemin. Je n'aimais pas rester à la maison seule avec les enfants. J'avais toujours l'impression que tu ne reviendrais pas. Mais tu avais besoin de t'éloigner de nous. Il te fallait du mouvement, des allers et retours, des objectifs. Il te fallait remuer les jambes et les bras, brasser l'air autour de toi. Avant de partir au village, tu entrais et sortais de la maison plusieurs fois en trombe. Tu notais sur une liste ce que tu voulais acheter, puis tu récapitulais à voix haute, nous prenant à témoin. Tu répétais pour être sûr de ne rien oublier mais au moment de partir, il y avait toujours quelque chose qui te retenait. Tu ne trouvais pas tes clés. Tu avais égaré tes lunettes de soleil. Tu tournais en rond dans la cuisine, incapable de mettre de l'ordre dans tes idées. Tu ouvrais une dernière fois la porte du Frigidaire et en évaluais le contenu. Tu m'embrassais en passant, pour t'assurer sans doute que je ne demanderais pas à venir avec toi. Après ton départ, le silence s'installait à nouveau et je retrouvais la liste des courses oubliée sur la table. Je demandais aux enfants de sortir et je me mettais à ranger chaque pièce. Comme si ce geste était ma contrepartie, la mission qui me revenait. Comme si je ne pouvais rester à ne rien faire pendant que tu œuvrais pour nous. Je ramassais les vêtements des enfants restés sur le sol, je remettais en place les objets du salon, tapais sur les coussins, rangeais la vaisselle. Je réinventais maladroitement les contours de notre univers, secouant la poussière, arrondissant les angles. Je modelais, lissais, pour que nous ayons une chance de partager un espace commun. Et je sentais que la petite maison des vignes était l'esquisse de l'appartement que nous projetions d'habiter ensemble. Je voyais comment chacun occupait l'espace, comment nos trajectoires se croisaient, se chevauchaient, se télescopaient parfois et annonçaient la complexité de notre projet. J'imaginais le temps qu'il faudrait pour que nous nous acceptions, chacun avec ses habitudes, ses instincts contrariés, ses obsessions. Chacun avec sa façon d'occuper la place ou de se fondre dans le décor. Chaque enfant avec l'éducation que lui a donnée l'absent. Chaque enfant renvoyant en permanence à son paradis perdu, qui ne manquera pas de comparer, d'évaluer, de juger. Il faudrait se préparer à toutes les critiques, toutes les incompréhensions. Il faudrait accepter d'endurer tous les couperets. Et devant tous les enjeux que représentait notre vie future, tantôt j'étais excitée par l'ambition de la tâche, persuadée que nous parviendrions à donner corps à notre tribu, tantôt je perdais foi et ne voyais plus de sens à créer une famille. J'errais dans la maison, désemparée. J'étais incapable de retrouver les gestes d'avant. Ceux qui m'appartenaient quand je vivais encore avec un homme. Je devais tout réapprendre. Comment on partage son lit, comment on trie le linge. Je ne savais pas quoi faire avec le linge sale. Dans la maison des vacances, il fallait le laver à la main et j'écartais ce qui t'appartenait. Je n'arrivais pas à mélanger tes vêtements avec les nôtres. Je ne pouvais les plonger dans la bassine. Je faisais comme s'ils n'existaient pas. Tes vêtements sales, c'était quelque chose de nouveau pour moi. Ceux de Vincent se mêlaient à ceux des filles et je lavais le linge des enfants.

Pour construire une vie nouvelle, il faut oublier. Il faut se souvenir aussi. Il faut accepter la part d'inconnu qui s'installe comme un danger. Comme une promesse aussi. Tu étais mon inconnu, mon énigme, celui que je ne parvenais pas à débusquer. Tu respirais près de moi mais ta respiration t'appartenait. Tu dormais nu si près de moi mais tu trichais. Tu me manipulais. Je te manipulais. Tu ne voulais pas te laisser attraper et je n'avais de cesse de te capturer, te ligoter, te disséquer, pour voir ce qu'il y avait à l'intérieur. Quel mécanisme, quel imbroglio. Tu étais le mystère qui occupait mes journées, ma seule préoccupation, mon idée fixe. Je n'avais que ton corps pour comprendre. Lui seul ne mentait pas. J'étais devant ton corps comme devant une pièce unique, une pièce de musée. Et j'attendais qu'il parle, fragile messager. Je lui demandais l'impossible. Je menais l'enquête auprès de ton dos et de tes membres fatigués. Et je m'attelais jour après jour à l'étrange reconstitution, l'impossible tentative de compréhension. Qui étais-tu vraiment et est-ce que tu m'aimais ? Je devenais une savante exploratrice mais je craignais de ne jamais ramener aucune preuve.

Et j'ai voulu lui ressembler. J'ai cru qu'enfin j'existerais. Je ne pensais plus qu'à elle. À ses robes à fleurs, ses cheveux longs, ses chaussures à talons. Les photos que tu avais prises d'elle m'empêchaient de vivre. Les gros plans cadrés sur son visage, détaillé à n'en plus finir. Les plans plus larges où apparaissaient la ligne de ses hanches, l'arrondi de ses épaules. Et des photos encore, dénichées au fond d'une boîte, où tu l'avais surprise, semblait-il, les seins nus sur une plage lointaine. Les photos m'envahissaient. Les photos étaient une obsession. Vos vacances, vos sourires, vos regards complices. Elle en Irlande sur un vélo, elle sur le pont d'un bateau, elle au pied d'une cascade. Elle et toi sur les falaises du pays de Caux. Elle portant un gros pull, une robe décolletée, un peignoir de bain. Ses yeux, ses cheveux, sa nuque, son dos, ses jambes, ses poignets, ses chevilles. Elle ne me quittait pas. Manquait seulement le son de sa voix. J'aimais son visage, ses joues un peu creuses, son sourire timide. Elle avait le même âge que moi mais paraissait plus jeune. Plus je regardais les photos, plus j'avais envie de lui ressembler. Je comparais nos rides mais ne lui en trouvais pas. J'ai voulu me fondre en elle, me glisser sous sa peau. J'ai laissé pousser mes cheveux. J'ai emporté en vacances des robes légères. J'ai noué un peu trop fort des ceintures autour de ma taille. J'ai tenté de sourire comme elle. J'ai voulu te regarder avec ses yeux, te caresser avec ses mains. Tu n'as rien vu. Tu n'as pas compris que moi aussi, j'étais en train de mourir. À petit feu. Pour renaître sous ses traits.

J'ai fini par oublier les filles, tout entière tournée vers toi, requise par notre histoire naissante. J'ai abandonné Dorothée aux mains de son aînée et je me suis trompée. J'ai laissé Émilie jouer le rôle d'une mère. Consoler le soir, raconter une histoire. J'ai oublié les douze ans d'Émilie, sa fragilité, son inconscience. J'ai laissé mes enfants patauger dans leur histoire, je n'ai pas pris le temps de leur parler de la mienne. Nos histoires sont-elles différentes ? J'ai compté sur le temps, sur la ressource dont on dit qu'elle habite les enfants. On prononce ce mot, souvent : les enfants ont de la ressource. J'ai laissé les choses s'accomplir. Dans le désordre, dans le doute. J'ai laissé les filles de côté parce qu'elles n'ont pas demandé d'aide. Je n'ai pas perçu les signes. J'ai continué d'avancer près d'elles mais nos vies s'accomplissaient en parallèle. Quand leur père est parti, quelque chose s'est brisé entre les filles et moi. Leur regard renvoyait ce que je craignais d'y lire. Il était sans doute parti par ma faute. C'est ce qui était inscrit dans leurs yeux. Je devenais leur pauvre maman mais aussi leur bourreau. Et ce statut nouveau, de bourreau et de victime, pesait trop lourd sur mes épaules. Sans m'en apercevoir, je me suis détournée des filles. Alors, maladroitement, je les ai serrées plus fort dans mes bras, pour lutter contre la peur qui m'envahissait. Mais cette étreinte était celle du désespoir et les filles se débattaient, s'éloignaient de moi pour ne pas voir ma douleur. Elles avaient appris à s'habiller seules, prendre leur bain seules, leur petit déjeuner. Elles fermaient désormais la porte de leur chambre. Elles se bouchaient parfois les oreilles quand je parlais. Elles allumaient la télévision sans demander la permission. Elles rentraient de l'école sans moi. Elles continuaient de m'appeler maman mais leur voix avait changé. Nous avons tenté de vivre ainsi toutes les trois dans l'appartement, dans un calme de façade. Puis je t'ai rencontré, j'ai couru vers toi et j'ai donné les filles à garder plusieurs soirs par semaine. Je partais après le repas et te retrouvais chez toi. Tu déposais Vincent chez ta mère et nous avions la soirée à nous. Tu m'appelais aussi les soirs où personne ne gardait les filles. Je ne parvenais pas à renoncer. J'attendais qu'elles s'endorment et te rejoignais. Je laissais un mot sur la table de la cuisine à l'attention d'Émilie, au cas où elles se réveilleraient. Je rentrais à deux heures du matin et étais soulagée de voir qu'elles dormaient profondément. Je rentrais à quatre heures, puis à sept heures. Quand je t'ai rencontré, j'ai perdu la mesure des choses. Mon bon sens m'a abandonnée.

L'été touchait à sa fin et le ciel annonçait déjà l'automne. C'était arrivé d'un coup, après que la tramontane avait cessé de souffler. Les couleurs étaient plus contrastées et la lumière moins blanche. Quelque chose avait changé dans l'atmosphère des soirées passées sur la terrasse. Les ombres, qui d'habitude s'allongeaient tard après le repas, avaient laissé place à une nappe sombre et dense. Un souffle frais arrivait de la forêt. L'eau de la piscine tremblait à la surface. Depuis la piscine, construite en surplomb de la maison, la vue était imprenable. C'était le seul endroit qui permettait d'avoir un aperçu à la fois sur la forêt, les collines et les vignes, et de deviner l'océan au loin. On pouvait y nager en dominant le monde. Rien dans le paysage ne faisait écran. On nageait en regardant tourner les éoliennes. On pesait moins lourd à la surface de l'eau. Il faudrait, avant de quitter les lieux, faire une dernière vérification de l'état de la piscine. C'était Vincent qui s'en occuperait. Une affaire entre lui et le propriétaire. Il avait passé la plus grande partie de son temps, chaque jour, à promener à la surface de l'eau la grande épuisette dans laquelle il recueillait feuilles mortes, brindilles et insectes noyés. Il avait fait preuve d'une patience étonnante. Il était resté dans le soleil, maniant, depuis le bord, l'aspirateur qu'il fallait immerger pour nettoyer aussi le fond du bassin. Tu l'avais aidé, les premiers jours, à diriger ses gestes, puis Vincent s'était rapidement débrouillé seul. Il était devenu le gardien de la piscine. Il se tenait aux premières loges si quelqu'un se baignait et ne manquait pas d'énumérer les consignes à suivre. Il nous empêchait de nous tremper si nous avions le corps enduit d'Ambre solaire ou si nous avions omis de nous débarrasser des brins d'herbe collés sous nos pieds. Il surveillait le moteur, le niveau d'eau, la température. Il avait fait de la piscine son terrain d'expérimentation. Quiconque y pénétrait tombait sous sa loi.

Les soirées étaient plus fraîches et nous demandions aux enfants de se coucher plus tôt. Nous enfilions un pull et restions longtemps sur la terrasse, à regarder les premières étoiles. La tête me tournait bientôt, la sensation de l'infini au-dessus de moi me troublait et m'ôtait bientôt mon centre de gravité. Je chavirais dans ma chaise longue et luttais contre l'impression d'être aspirée par le cosmos. Je me laissais happer et succombais à l'emprise de la nuit, consentante, grisée par l'ivresse. Tu restais silencieux à côté de moi et tu fermais les yeux. Tu ne connaissais rien aux étoiles. Tu attrapais parfois mon bras, ta main serrait la mienne. J'avais envie de faire l'amour avec toi, mais le temps de l'amour semblait révolu. Il avait duré les premières semaines qui avaient suivi notre rencontre puis s'était doucement tari. Presque une année plus tard, il restait encore quelques élans de désir au moment où je m'y attendais le moins. Quand tu m'avais rencontrée, tu avais eu entre les mains un corps vivant et je crois que cela t'avait tourné la tête, de retrouver contre toi la chaleur de la peau et du sang qui coule dans les veines. Les soirs où je te retrouvais, tu parcourais mon corps jusqu'à l'épuisement, tu redécouvrais la sensation d'un corps qui bouge, qui palpite sous tes doigts. Tu avais oublié que c'était possible, après les années où tu avais dormi seul, toujours du même côté du lit, pour ne pas empiéter sur son côté à elle, territoire désormais défendu. Ton étreinte m'effrayait parce qu'elle venait d'un endroit que je ne connaissais pas, chargée de démons qu'il me faudrait apprendre à apprivoiser. Ta présence était étrange, violente et fugitive comme celle d'un animal. Plus tu m'attirais à toi et moins j'existais. Ce n'est pas moi que tu aimais, c'est la vie qui était en moi. Et après le miracle de la vie retrouvée, après la sidération, tu as compris que ce n'était pas elle que tu serrais dans tes bras. J'étais vivante, je t'aimais mais tu demeurais inaccessible. Tu avais fait de moi une étrangère.

Je rentrais dans la maison et écoutais derrière la porte des filles. Je retenais ma respiration et finissais par entrouvrir. La lampe d'Émilie était parfois encore éclairée. Le sommeil l'avait attrapée avant qu'elle ne pose son livre. Dorothée dormait en serrant son lapin contre elle. J'accrochais la fermeture du volet. Pendant ce temps, tu fumais dehors. Je voulais te dire que je renonçais. Je voulais émettre cette hypothèse. Ça ne servait à rien de continuer. Mais je ne disais rien. J'attendais le lendemain. Les jours passaient. J'ignore ce que j'attendais.

Et je t'ai laissé envahir ma vie, grignoter jour après jour l'espace dans lequel je m'étais glissée pour me protéger du monde et des hommes. Je t'ai permis d'entrer. Je t'ai ouvert grand la porte. Je ne me suis pas méfiée. J'ai pensé que le grand jour était arrivé : j'allais sauver un homme, j'allais sauver l'humanité entière. J'allais devenir l'être le plus exceptionnel qui soit et enfin supporter mon image dans le miroir. Je serais autre chose qu'une femme abandonnée, une mère de famille usée. Je serais quelqu'un dont on ne peut se passer. Voilà où j'en étais, à espérer qu'un homme ne pourrait vivre sans moi. Je n'avais d'autre ambition, j'étais comme les gens que je connaissais. Je me demande pourquoi nous en étions tous là, à vouloir partager notre vie, à vouloir aimer quelqu'un à tout prix. Je regardais les animaux, je me plantais devant les cages des oiseaux à la jardinerie près de l'école où j'accompagnais les filles et restais de longues minutes à observer les « inséparables ». Je restais là, captivée par le manège de ces perruches jaunes ou bleues. Quand la femelle se déplaçait d'un côté du perchoir, le mâle venait la coller en moins de trois secondes. Et vice versa, quand le mâle s'éloignait, la femelle se rapprochait aussitôt. Et leur ballet durait éternellement, un coup à droite, un coup à gauche. Il fallait qu'ils se séparent, puis se retrouvent, se touchent, hochent le bec dans un même mouvement. J'étais un genre de perruche. Je me demandais ce qui serait arrivé si l'on avait enlevé l'un des oiseaux de la cage. L'autre serait-il mort, aurait-il recommencé son cinéma avec une nouvelle perruche, aurait-il finalement survécu ?

C'était notre dernière journée. Demain, il faudrait faire les bagages et ranger la maison. Il faudrait balayer, passer la serpillière, frotter la cuisine et la salle de bains. Pour que la caution nous soit rendue, il faudrait effacer nos traces. Demain, nous devrions reprendre la route et rentrer chacun chez soi, toi et Vincent d'un côté, moi et les filles de l'autre. En attendant de prendre la décision d'habiter tous ensemble. L'idée du retour avait quelque chose d'anormal, de brutal, mais nous n'en parlions pas. Nous ne parlions pas des choses importantes. Nous nous contentions d'avoir mal au ventre. Parce que nous ne savions pas ce qu'il fallait décider. Nous avions perdu notre instinct. Tout serait bancal, toujours. Les filles partiraient chez leur père quelques jours et ce serait une séparation. Je n'oserais pas réclamer ta présence parce que mon orgueil me l'interdirait, je voulais que tu retrouves l'élan que tu avais eu pour moi. Je voulais me faire désirer. J'étais dans cet espace un peu trouble où la peur empêche l'avenir d'exister. L'avenir semblait ne pas te concerner. Tu évitais la question. Tu ne laissais rien supposer, tu ne donnais pas d'indices. Et j'étais comme un petit animal tapi dans un coin, qui observe, écoute, évalue. Un petit animal qui se prépare au tremblement de terre qu'il croit imminent. J'attendais que tu agisses, enfin. J'attendais en imaginant le pire.

Le dernier jour des vacances a été comme le dernier jour de mon existence. Au matin, tu n'étais plus là. J'ai mis un moment à comprendre, puis j'ai fait comme si de rien n'était. Les enfants se sont levés, ont pris leur petit déjeuner dans un grand calme, sans même demander où tu étais. Vincent ne posait pas de questions. Il se gardait bien de montrer une quelconque inquiétude. J'ai commencé de ranger la maison. J'ai demandé aux filles de faire leurs sacs pendant que Vincent prenait sa douche. Elles ont voulu mettre leurs maillots de bain de côté, pour un dernier plongeon dans la piscine. Je lavais les bols du déjeuner, tout entière concentrée sur les bruits qui venaient du chemin. Mais je n'entendais rien, la voiture n'arrivait pas et ma peur grandissait. J'ai attendu jusqu'à onze heures. N'y tenant plus, j'ai marché jusqu'au bout du chemin. Je me suis arrêtée au hameau, peu avant la maison de l'apiculteur que je redoutais de rencontrer. Puis j'ai accéléré le pas en passant devant le portail. Rien ne bougeait de l'autre côté, la porte ne s'est pas ouverte. J'ai poursuivi ma descente sans me retourner. La petite route qui dévale la colline était déserte. J'étais consciente que plus je m'éloignais, plus le retour serait difficile. Je me fixais des limites : jusqu'au prochain virage, puis jusqu'au verger, puis jusqu'à l'intersection après le petit pont. Je ne savais pas ce que je cherchais. Tu étais parti et il était improbable que je repère ta voiture sur la route. Où étais-tu ? J'avais emporté les jumelles que tu avais oubliées sur la table, mais elles ne m'étaient d'aucun secours. Je les maintenais devant mes yeux mais ne parvenais pas à faire le point. Ma vue se troublait et tout semblait bouger autour de moi. Je regardais dans les jumelles et la terre se dérobait sous mes pieds. Je regardais vers l'ouest mais rien n'arrivait de l'ouest. Je n'apercevais ni ta silhouette ni ta voiture. Seules les branches des arbres s'agitaient dans mon champ de vision. Je savais que ma recherche ne donnerait rien. J'avais parcouru des centaines de mètres, peut-être un kilomètre ou deux parce qu'il m'était impossible de rester sans rien faire. Je n'avais pu me résoudre à attendre. Attendre qu'un homme revienne. La pire des punitions. J'avais préféré partir à ta rencontre. Marcher moi aussi. M'éloigner moi aussi de la maison, j'en étais capable. Mais je n'y croyais pas. Je me répétais qu'il me faudrait apprendre à exister autrement que par la présence d'un homme. Je n'y croyais pas.

Pendant ce temps, je l'ai compris longtemps après, pendant ce temps, tu étais au rendez-vous. Alors que je remontais la pente sous le soleil, avec la paire de jumelles autour du cou, tu étais au rendez-vous avec l'océan. Tu avais promis de revenir sur les lieux où vous aviez été heureux. La plage où Vincent avait fait ses premiers pas. Tu avais promis de ne pas oublier l'océan. C'était simple, je pouvais comprendre et en même temps je refusais de comprendre. Il s'agissait d'une promesse. On ne peut pas lutter contre une promesse. Je marchais dans la chaleur, seule au milieu de la petite route, et tu étais face à l'océan. J'avais du mal à respirer à cause de la pente trop raide et tu t'enivrais des embruns. J'accélérais le pas à cause des enfants que j'avais laissés seuls. Toi tu étais dans un café sur le port et je ne le savais pas. Je passais mon avant-bras sur mon front moite. Mon cœur battait plus fort. Tu commandais un verre de vin blanc. Tu regardais l'océan à travers la porte vitrée du café et tu souriais. Tu commandais un autre verre. C'était simple. Tu buvais et tout se calmait en toi. Tu te levais et marchais jusqu'au rivage. Tu choisissais une petite plage déserte. Tu t'approchais des vagues, tu faisais comme les marins restés à terre et les gens du pays. Tu attendais que les premières nappes de fuel se déposent sur le sable, tu savais que ce serait pour aujourd'hui, c'est ce que j'ai compris après, dans le pays tout le monde savait que le fuel arriverait ce matin. C'était le grand jour, le moment à ne pas manquer. La marée noire existerait désormais, elle marquerait de son empreinte des kilomètres de plage et les hommes pourraient se lamenter, auraient une bonne raison pour crier leur rage, pour pleurer enfin. On verrait des hommes pleurer le long du rivage et tu te joindrais à eux, mêlant ton chagrin au leur. Tu serais comme tous les hommes, tu aurais mal.

Ce serait simple. Mes jambes me portaient difficilement dans ma douloureuse ascension. Je faisais une halte, m'asseyais un instant contre le talus à l'ombre d'un châtaignier. Je regrettais de ne pas avoir emporté un peu d'eau. Je poursuivais ma route, portant le poids de mon inquiétude, priant pour que tu reviennes, implorant malgré moi tous les dieux, comme les marins avaient prié la nuit durant pour que la marée noire se détourne vers le large. Mais tu ne revenais pas et la marée avançait vers la terre. Je marchais, un peu penchée vers l'avant, mes yeux concentrés sur le goudron qui collait sous mes semelles. Je me retournais, regardais encore une fois au loin et le silence qui me répondait était sans appel. Nous étions l'un et l'autre face à notre silence. Tu quittais tes chaussures et tu avançais pieds nus dans les premières vagues. Le hameau était en vue. Je passais près du lavoir. Tu avançais. La marée montait doucement. Il n'y avait pas encore de fuel à la surface, il fallait aller plus loin. Je me passais un peu d'eau sur la nuque et le visage, je cognais la paire de jumelles contre la pierre, sans le vouloir. Tu faisais encore quelques pas et ton pantalon trempé te collait aux jambes. Tu descendais à présent plus que tu n'avançais. Tu descendais au fond de l'eau. Et moi je remontais. Tu n'étais bientôt plus qu'un point, un ballon qui flotte à la surface. Puis un ballon qui ne flotte plus, totalement immergé. Tu n'étais bientôt plus rien, pas même un objet à la surface de l'eau. Le pétrole était là. Ton corps glissait sous la nappe. Ton corps s'abîmait mais ne se débattait pas. Le fuel avait enduit tes membres, ton buste, ton visage. Le fuel pénétrait peu à peu dans tes poumons. Tu disparaissais dans un bourbillon noir. Le ressac t'aspirait vers le large. Tu n'étais bientôt plus rien qu'un corps et je passais près des premières maisons du hameau. Je m'en voulais d'avoir laissé les enfants, je me détestais de n'avoir pas su attendre simplement à la maison.

Tu n'étais déjà plus rien ou plutôt tu suffoquais, tu luttais contre la vie qui ne voulait pas t'abandonner. Je pressais le pas, la pente était moins raide. Quelques centaines de mètres et je retrouverais les enfants. Dorothée et Émilie. Je retrouverais mes filles. Je ne pensais pas à Vincent, ou pas immédiatement. J'avais envie de voir mes filles, ultime consolation. J'ai ouvert la porte de la maison. Les enfants n'y étaient pas. J'ai contourné le bâtiment pour me rendre à la piscine. Ils m'attendaient tous les trois, ils m'avaient guettée. Ils avaient quelque chose à me montrer, quelque chose qui me ferait plaisir, c'était leur surprise. Vincent et Émilie encouragèrent Dorothée qui sauta dans l'eau sans ses brassards et se mit à nager d'un bord à l'autre, dans la largeur bien sûr. Elle se maintenait à la surface en levant la tête et en essayant de se concentrer sur ses mouvements. Elle avait du mal à synchroniser ses bras et ses jambes et elle allait trop vite, mais elle flottait, elle avançait, elle était l'égale des grands. Elle m'annonça, très fière, que c'était grâce à Vincent. Elle avait fini par y arriver. Nous profitions de nos derniers moments au bord de la piscine. Nous allions attendre ton retour, manger un bout avant le départ. Nous allions t'attendre. Il ne manquait plus que toi.

L'auteur remercie
le Centre national du Livre
pour son aide.

Du même auteur :

La Chambre des parents, *roman, Fayard, 1997*

Nico, *roman, Stock, 1999, et Le Livre de Poche, n° 15111*

À présent, *Stock, 2001, et Le Livre de Poche, n° 15426*